Ivan Klíma

Liebende für eine Nacht
Liebende für einen Tag

Erzählungen

Aus dem Tschechischen
von Alexandra Baumrucker

Carl Hanser Verlag

Die Originalausgaben erschienen unter den Titeln *Milenci na jednu noc*
im Verlag Československý in Prag 1964
und *Milenci na jeden den* bei Rozmluvy, Church Hill, Perley Surrey 1985,
(die Erstauflage von 1970 wurde aus dem Verkehr gezogen).
Erstmals deutsch: *Liebende für eine Nacht, Liebende für einen Tag,*
C. J. Bucher, Luzern und Frankfurt a. M. 1971
Hopfenernte in: Die Probe 2, Edition Reich, Luzern 1977;
Die Brille erscheint zum ersten Mal in deutscher Übersetzung

2 3 4 5   97 96 95 94

ISBN 3-446-17227-0
© Ivan Klíma 1964 und 1985
Alle Rechte der deutschen Ausgabe:
© Carl Hanser Verlag München Wien 1993
Satz: Fotosatz Reinhard Amann, Aichstetten
Druck und Bindung: Franz Spiegel Buch GmbH, Ulm
Printed in Germany

Liebende für eine Nacht

Lingula

1

Die Mensa war langgestreckt und trostlos, tief im Souterrain, und ihre Wände, außer der hinteren Glaswand, hatten nur blinde Nischen anstelle von Fenstern. Die Mensaverwaltung hatte sich zwar bemüht, deren Ödheit durch eine Art von handgemalten zehn Geboten zu verdecken:

Du sollst nicht kleckern!

Du sollst kein schmutziges Geschirr stehenlassen!

Du sollst nicht rauchen!...

aber der Saal wurde dadurch nicht viel freundlicher, und Tomáš und seine Freunde trugen ihr Essen immer bis zur Glaswand. Dort war mehr Luft, mehr Licht, und das Tischchen unter dem letzten Gebot hatte ein zu kurzes Bein, niemand setzte sich je dorthin, und deshalb eignete es sich vorzüglich als Ablage für Mäntel, Aktentaschen und benützte Suppenteller.

Sie gewöhnten sich an diesen Platz, das letzte Tischchen in der zweiten Reihe, schnitten aus Papier einen großen Skorpion und schrieben darauf:

Biologie – Reserviert!

Gleich hinter der Glaswand lag ein kleiner Garten, zwei blaue Fliedersträucher, eine niedrige Akazie, eine weiße Magnolie und Goldregen, Amseln nisteten dort und ein Turteltaubenpaar. Sie bemerkten das alles kaum, nur den Vögeln warfen sie im Winter Speisereste zu, und eines Tages stellten sie fast erstaunt fest, daß der Akazie, während sie die Familie der Viciaceae studiert hatten, die ersten Blätter entsprossen waren.

Als der Flieder erblühte, erschien an dem Tischchen mit dem zu kurzen Bein ein fremdes Mädchen, fast weißes Haar, hochgekämmt, Olivenaugen unter dunklen Brauen, langer Hals – sie saß aufrecht wie eine Figurine, und ihre schlanken Finger hielten das Besteck mit einer Eleganz, als säße sie im ›International‹ oder vor einer Filmkamera.

Die ganze Zeit über, während sie aß, ließen sie sie kaum aus den Augen, und während dieser ganzen Zeit blickte das Mädchen sie nicht ein einziges Mal an, so als wüßte sie gar nicht, daß jemand neben ihr saß und über ihrem Kopf das zehnte Gebot hing:

Du sollst nett sein zu deinen Genossen!

Nachdem sie gegessen hatte, wischte sie sich den Mund mit einem kleinen Taschentuch, wobei sie ausdruckslos ins Leere starrte. Dann stand sie auf, blickte sich kurz um, jetzt mußte sie sie bemerken, aber sie tat nicht dergleichen und enteilte auf hohen, dünnen Absätzen mit den kurzen Schritten einer perfekten Sekretärin.

»Film«, ordneten sie sie ein.

Dann blieben sie länger sitzen als sonst und nahmen das Mädchen durch: Beine, Hüften, Busen, Augen. Die konnten sie sich einfach nicht entgehen lassen! Zu der Zeit war Tomáš als einziger von ihnen frei, also fiel die Aufgabe ihm zu, obwohl sie sich darüber einig waren, daß er ihr wahrscheinlich nicht gewachsen sein würde.

Am nächsten Tag sahen sie sie schon von weitem. Sie saß am selben Tisch, ihr gegenüber ein Knilch – mindestens fünfzehn Jahre älter – fast kahlköpfig, auf der plattgedrückten Nase eine modische Brille, eine Kragenecke hochgebogen, er sah ganz durchschnittlich aus.

Sie aß wie die Herzogin von Monmouth, er schlürfte laut die Suppe, tief über den Teller gebeugt.

»Schmeckt es dir hier?« hörten sie ihn sagen.

»Ja.«

Dann schwiegen die beiden lange, bis sie fragte: »Und dir?«

»Klar; wenn ich mit dir bin, immer.« Er legte im Essen eine Pause ein und lächelte sie mit bräunlichen Zähnen an.

»Laß das, ich mag kein solches Gerede.« Und sie schwiegen wieder bis zum Ende der Mahlzeit. Dann nahm er das schmutzige Geschirr und trug es weg, und alle gratulierten Tomáš, denn gegen den da hatte er immerhin Chancen.

Innerhalb von zwei Tagen hatten sie herausgebracht, daß der Knilch Familienrecht las, geschieden war und einen zweifarbigen Spartak fuhr, über sie hatten sie jedoch nichts herausgebracht. Niemand kannte sie, niemand hatte sie je gesehen, offenbar studierte sie nicht und gehörte nur zu diesem Familienrechtler, und von dem Tag an erschien sie auch immer nur mit ihm.

Sie gewöhnten sich an die beiden und hörten nicht mehr hin, wenn sie sich am Nebentisch unterhielten. Außerdem schwiegen die beiden fast dauernd, er war immer gleich unansehnlich und sie immer gleich perfekt; wenn sie gegessen hatten, trug er die schmutzigen Teller weg, und sie blieb noch eine Weile sitzen und schaute ihm abwesend nach. Dann folgte sie ihm, die Treppe stiegen sie schon gemeinsam hinauf, und er hielt sie bei der Hand.

Sie nannten sie ›Tomáš' Mädchen‹. Freundschaftlicher Spott lag darin, sie hatten sie ihm schon zugeteilt, und er selbst hatte sie sich auch zugeteilt, doch vorläufig hatte er noch kein Wort mit ihr gewechselt. Der Knilch wich ihr nämlich nicht von der Seite, und sie selbst bot ihm nie Anlaß, sie anzusprechen. Im Grunde erwartete auch niemand mehr, daß er sie ansprechen würde, nur er dachte daran, dachte immer öfter daran und stellte sich den Moment vor, wenn es soweit sein würde, und weil im

Geist alles so leicht ging, stellte er sich auch noch andere Momente vor: Sie sitzen einander auf der Terrasse des ›Brüssel‹ gegenüber – Musik, das mitternächtliche Tanzparkett, er sieht ihre weitgeöffneten Olivenaugen, den breiten Mund, er küßt sie beim Tanzen und dann unter dem Brückenbogen und in der Durchfahrt des Hauses, in dem sie wohnt, und dann vor der Tür, und er küßt sie auf einem unbekannten, dünnbeinigen Stuhl dort drin, und dann lieben sie sich auf einer unbekannten Couch – ein langer, besessener Augenblick. Dann fing er wieder von vorn an.

»Was machen Sie heute nachmittag? Es bietet sich Ihnen nämlich die einmalige Gelegenheit, diesen Nachmittag in der Gesellschaft eines äußerst interessanten Mannes zu verbringen…« Unmöglich. Darauf würde sie nicht mal antworten.

Er starrte ins Skriptum. Gattung Fasciola, Opisthorchis, herzförmige Körper mit zwei Saugnäpfen…

»*Sie sind gewoben wie aus Meereswellen.* Gestatten Sie, daß ich Sie eine Weile anschaue? Nur eine Weile. Und nur anschauen.« Das würde sie bestimmt nicht ablehnen. Aber das sähe dann womöglich so aus, als sei ich total in sie verknallt.

»Sie haben einen Kopf wie eine Upupa epops.«

»Wie was?«

»Upupa epops!«

Ein kleines, verlegenes Lachen.

»Das ist ein Vogel. Mit einem herrlichen Kopf. Aber das ist gar nichts im Vergleich zu Ihrem.« Das klang schon aussichtsreicher.

Die Vorlesungen waren zu Ende, sie gingen nicht mehr gemeinsam zum Essen, an manchen Tagen kamen sie aus dem Wohnheim überhaupt nicht heraus und ernährten sich von Brot, von Hering in Tomatensauce, von Mutters Mohnbuchteln und eingelegten Pilzen und quasselten dabei über die vier Grundzüge der Dialektik, über die unglückliche Belinda Lee, über das ›Semafor‹-Theater, und daß Fuchs bei den letzten Zwischenprüfungen so getobt hatte, daß der Putzfrau ein Stockwerk tiefer ein Glasgefäß mit dem Prachtexemplar einer chinesischen Krabbe aus der Hand gefallen war, Krabbe samt Spiritus liefen über den Fußboden wie lebendig, und die Alte hätte beinahe der Schlag getroffen.

Dann blieben bis zum Examen nur noch ein Tag und eine Nacht, sie kauten gemächlich vor sich hin und leierten dabei im Geiste die Einteilung der Würmer herunter, er war gerade bei den Brachiopoden angelangt, blödsinnigen Meereswürmern, die er wahrscheinlich nie zu Gesicht bekommen würde; vielleicht kam sie gerade heute allein, und das wäre eine phantastische Abwechslung gewesen, nach all dem Gewürm! Aber einen Tag vor dem Examen?

Er ging sich wenigstens rasieren, dann putzte er seine Schuhe, schließlich war's in die Mensa nur zwanzig Minuten, er zog sein neues Hemd an, modernster Schnitt, er sah recht interessant darin aus, wenn er sich noch ein silbernes Feuerzeug auslieh – Moneten hatte er, einen ganzen Hunderter, aufgespart für besondere Gelegenheiten.

Der Tag war unerträglich heiß, er schwitzte in der überfüllten Straßenbahn, schimpfte sich einen Trottel und war entschlossen, sie anzusprechen, falls er sie dort überhaupt vorfand, und säße auch der Dekan an ihrem Tisch.

Er sah sie schon von weitem, hellgrüne Bluse, weißes Haar, sie saß an dem wackligen Tischchen, der Stuhl ihr gegenüber war leer.

Er holte rasch sein Essen und schlängelte sich mit dem Teller zu ihr durch.

Im breiten Dekolleté eine Bronzekette mit dekorativer Münze, glatte, sehr feine und glatte Haut. »Ist hier frei?«

Sie blickte überrascht auf. »Vorsicht«, sagte sie, »Sie verschütten Ihre Suppe.«

Er bemühte sich, mit der gleichen Grazie zu essen wie sie, aber sie war ihm zu weit voraus, er hatte noch die Hälfte seiner Knödel auf dem Teller, da war sie schon fertig. Er mußte rasch etwas unternehmen. »Sie sind heute allein hier?« So eine Blödheit, so eine stinkbanale Blödheit! »Er hält gerade Examen, was?« fügte er rasch hinzu.

»Ich weiß nicht.« Sie stapelte die Teller aufeinander und erhob sich.

»Warten Sie«, stieß er aus. »Was halten Sie von einem kleinen Nachmittagsspaziergang?«

»Wovon?«

»Was hätten Sie sonst vor, heute nachmittag?«

»Angeln gehen.«

Das verschlug ihm ein bißchen den Atem. »Das ist doch kein Vergnügen«, wandte er matt ein.

»Und was hätten Sie mir zu bieten?«

»Etwas, was Sie noch nie erlebt haben. Einen garantiert unvergeßlichen Abend.«

»Vorhin war noch von Nachmittag die Rede.« Dann nahm sie die Teller in eine Hand, die Handtasche in die andere, und entfernte sich mit den kleinen Schritten einer perfekten Sekretärin.

Er lief ihr nach – über die Treppe und dann über die heiße, wimmelnde Straße, so eine Gelegenheit kommt nie wieder, er versuchte krampfhaft, sich etwas Gescheites auszudenken, etwas Witziges, etwas ironisch Angehauchtes, etwas hinreißend Selbstbewußtes – und schwieg.

An der Kreuzung war rot. »Also, wie haben wir's?« Sie

starrte die Ampel an. »Haben wir noch lange denselben Weg?«

»Ununterbrochen«, sagte er verzweifelt, »außer Sie wollen mich völlig vernichten.«

Sie gingen über die Kreuzung, vom Pulverturm her kam ein Taxi.

Sie winkte resolut.

Der Taxifahrer beugte sich nach hinten und öffnete lässig die Tür.

Er sprang hin und hielt sie von außen auf.

»Wohin soll's denn gehen?« fragte der Mann hinterm Steuer.

»Zum ›Goldenen Brünnl‹«, sagte er noch von draußen. Dann schlüpfte er rasch hinein, und der Wagen fuhr los.

Sie schaute unnahbar vor sich hin. Er roch jetzt schwachen Fliederduft, er war begeistert von seiner eigenen Frechheit: Das mußte doch wirken! Handeln ist immer besser als drumherumreden.

Das Taxi fuhr über die Brücke und wand sich durch die engen Gäßchen. »Sechzehn Kronen«, verlangte der Mann hinterm Steuer und schaltete rasch den Taxameter aus.

»Danke fürs Mitnehmen«, sagte sie. »Mir scheint, in punkto Frechheit sind Sie große Klasse!«

Er fühlte sich geschmeichelt. »Also, gehen wir hinauf! Wir werden doch nicht da herumstehen.«

»Ein ungewöhnlicher Nachmittag!« sagte sie verächtlich. »Auf der Terrasse hocken und das hunderttürmige Prag anglotzen. Dazu zwei Achtel Wein und Sie. Was Besseres fällt Ihnen nicht ein?«

»Ich hätte mir schon was einfallen lassen, aber es war ja keine Zeit dazu.«

»Jetzt haben Sie welche.«

»Gut. Ich lasse mir etwas Superoriginelles einfallen. Aber erst setzen wir uns oben hin.«

Sie stiegen die einhundertsechs Stufen hinauf, er rief den Kellner und bestellte lässig eine Flasche Sekt, wenigstens erfahre ich, wie das Zeug schmeckt.

Die Stadt war wirklich prachtvoll, ein paar Fenster funkelten glutrot im Licht, kleine, altmodische Straßenbahnnen glitten lautlos auf dem fernen Flußufer dahin, die Türme ragten pflichtschuldigst empor, und über der jahrhundertealten Geschichte hing eine gänzlich ungeschichtliche Glocke aus Qualm und Auspuffgasen.

»Wir könnten uns miteinander bekannt machen«, schlug er vor.

»Ein ungeheuer origineller Anfang«, sagte sie. »Was meinen Namen betrifft – der geht Sie gar nichts an. Und Ihrer interessiert mich nicht.«

Er war entschlossen, sich nicht unterkriegen zu lassen. Er hob also den Kelch. »Du bist so anders, du bist so ganz anders. Und interessant.«

Sie blickte an ihm vorbei über das niedrige Geländer auf die dunklen, rußigen Dächer. »Und jetzt sag mir, was du eigentlich willst«, sagte sie ins Leere.

»Das weißt du doch, mit dir den Nachmittag und den Abend verbringen.«

»Was soll dabei herauskommen?«

»Ich weiß nicht ... Vielleicht könnten wir beide glücklich sein.«

»Laß dieses Gerede. Das habe ich schon zu oft gehört.«
Sie schwiegen.

»Erzählst du was von dir?«

»Nein.«

»Studierst du?«

Sie schwieg.

»Und den liebst du?«

»Laß das!«

»Du bist doch nicht glücklich«, sagte er.

»Das sagst du allen, und jede wundert sich, wie du das erraten hast, was?«

»Du bist es aber nicht. Das merke ich.«

»Du hörst sofort mit diesem Gerede auf. Sonst lasse ich dich hier sitzen.«

Er bezahlte den Sekt. Für das Trinkgeld hätte er in der Mensa drei Mittagessen bekommen. Es blieben ihm kaum vierzig Kronen übrig.

»Ich hoffe, du läßt mich jetzt gehen«, sagte sie, als sie die Treppe hinunterstiegen. Aber in dieser Frage lag eigentlich schon die Antwort. Sie konnte gehen, sie brauchte ihn nicht erst zu fragen! Höchste Zeit, ein interessantes Thema anzuschneiden. Oder einen Witz zu erzählen. Aber er hatte sich in letzter Zeit ausschließlich mit Würmern befaßt.

»Lasse ich nicht«, sagte er leichthin. Letzten Winter wäre er beinahe im Gebirge umgekommen, na, er dramatisierte es jetzt ein bißchen, aber ein Erlebnis war es immerhin gewesen. Aber wie sollte man jetzt unauffällig auf den Winter überleiten? Er fragte also einstweilen: »Gehst du manchmal ins ›Semafor‹?«

»Das kann dir doch egal sein.«

»Was die machen, das nenne ich moderne Musik«, sagte er. »Die bringt einen sogar dann noch in Schwung, wenn man genau weiß, daß man über kurz oder lang hin sein wird.« Das war nun wirklich ein erstklassiger Übergang. Er schaute sie verstohlen an, erblickte jedoch in ihrem Gesicht keine Spur von Interesse.

Er begann also, diesen schauderhaften Nebel zu schildern, der Sturm *heulte*, Eiskristalle *peitschten* die Wangen, der Atem *gefror* auf den Lippen.

Sie ging teilnahmslos neben ihm her, auf ihre Schritte konzentriert, den Blick starr geradeaus gerichtet, es war vier Uhr am Nachmittag, die Gehsteige füllten sich mit Menschen, sie stürmten die Geschäfte, erhitzte Gesichter, sie gafften in die Schaufenster, rempelten ihn an, vor einer Eisdiele staute sich die Menge, nichts wirkte in diesem Moment lächerlicher als Sturmgebraus, Schneegestöber und Bergesgefahren.

Er schluckte ein paarmal verzweifelt und bemühte sich, mit Anstand aus der Sache herauszukommen. Er schilderte den Zustand völliger Erschöpfung.

Von einem Plakat grinste eine Schauspielerin auf ihn herab. Hinter ihr stürzte ein rotes Auto in eine Schlucht. Er hatte keine Ahnung, was für ein Film das sein mochte, aber das Plakat versprach ein italienisches Lustspiel, und er sagte also, er habe davon gehört, und es sei angeblich eine Wucht.

Sie verzog ein wenig das Gesicht, und er kaufte eiligst Eintrittskarten, es hatte schon längst angefangen, zum Glück brauchte dieses Werk anscheinend nicht mal einen Anfang. Er konnte sich überhaupt nicht konzentrieren, bemühte sich jedoch, so zu tun, als amüsierte er sich, lachte laut über die blödesten Witze, warf ihr triumphierende Blicke zu, dann merkte er, daß sie nicht lachte, ihr Gesicht war sonderbar starr, die kaum geöffneten Augen schienen nichts wahrzunehmen, ihr Mund war wie in Qual verzerrt.

Mit der stimmt was nicht, sagte er sich. Kann sein, ihr ist was passiert. Etwas, wovon ich keine Ahnung habe. Oder ihm. Vielleicht ist er deshalb nicht zum Mittagessen gekommen, und jetzt denkt sie die ganze Zeit an ihn. Irgendeine Tragödie, entschied er. Das könnte recht interessant werden. Da ist dann so ein langes Schweigen fällig, wenn sie sich mir anvertraut hat. *Weißt du, gestern waren wir einander noch fremd, aber auf mich kannst du dich verlassen.*

Dann allerdings wäre irgendeine Tat angebracht. Aber was für eine Tat kann man sich auf dieser dämlichen Welt schon ausdenken?

Ich könnte höchstens in die Šárka fahren, dachte er verdrossen, und mich dort von einem Felsen stürzen. Als Liebesbeweis. Oder voll bekleidet in die Moldau springen. Na, dachte er, vielleicht komme ich auch mit einer ganz gewöhnlichen Parkbank aus und mit irgendwelchen Geschichten, die man sonst nicht erzählt. Wie ich mich zum erstenmal verliebt habe, wie ich dahintergekommen bin, daß der Vater die Mutter betrügt, und daß Prag bombardiert wurde, als ich sechs Monate alt war. Das Nachbarhaus hatte was abgekriegt. Weißt du, was das bedeutet? Es hätte mich erwischen können, es hätte nicht viel gefehlt, und hier neben dir säße jetzt – Leere.

Der Film war zu Ende. »Besonders aufregend war's nicht«, gab er zu. »Kreide es mir nicht an, wenn du dich gelangweilt hast.«

»Warum?« wunderte sie sich. »Du hast bestimmt noch Schlimmeres auf Vorrat.«

»Und zwar?«

»Tanzen«, sagte sie. »Jetzt lädst du mich doch ein. Zum Abendessen, und dann zum Tanzen. Auf die Schützeninsel, schätzungsweise. Fürs ›Vltava‹ bist du nicht nobel genug, und im ›Luxor‹ schenken sie keinen Alkohol aus. Dort könntest du überhaupt nicht verrucht tun. Und im Kulturpark spielt nur Blasmusik.«

Da kam ihm eine geradezu selbstmörderische Idee. »Just dorthin wollte ich dich einladen.«

»Aha, jetzt wirst du allmählich originell.« Bestimmt war

sie noch nie dort gewesen, und jetzt graute ihr vor den Liebespaaren und den feiertäglichen Papas mit ihren Kindern. »Das wird garantiert unvergeßlich«, sagte sie. »Kaufst du mir einen Luftballon und Zuckerwatte?«

»Alles, was du willst!« Er war auch erst einmal dort gewesen und erinnerte sich dunkel an Scharen von Menschen und entsetzliche Langeweile. Es gibt nichts Langweiligeres als organisierte Lustbarkeit: PAROLE: VERGNÜGEN! Aber vielleicht findet sich dort etwas – etwas, wovon man ausgehen könnte. Vielleicht eine Ausstellung künstlicher Blumen. Oder ein Lyrikabend. Magst du Holub? Oder Morgenstern? Kennst du das Gedicht vom Wurm?

Es lebt in einer Muschel
ein Wurm gar seltner Art...

Weißt du, wie sich die Eunice Viridis vermehrt? Pfui!

Sie stiegen in die Straßenbahn, er kaufte Fahrkarten, es blieben ihm nur noch sechzehn Kronen und vierzig Heller.

Das Parktor stand weit offen, ein Paar schwankte auf sie zu, sie hatte das Kleid zerknautscht und einen übertrieben geschminkten Mund. Wasser sprühte leise aus den Schnäbeln von Keramikenten. Sie bogen nach rechts ein, gingen um den geschlossenen Sportpalast herum, vor den verlassenen Buden lagen zertretene Pappbecher, ein einsamer Parkwächter fegte sie zu einem unordentlichen Haufen zusammen. Als sie an ihm vorbeikamen, hob er den Kopf, nickte in Richtung der leeren Bänke, die sich längs der Beete hinzogen, und sagte: »Zeiten sind das! Die Liebespaare hokken vor dem Fernseher.«

Er war ihm dankbar für dieses ›Liebespaare‹. »Alle sind nicht gleich, wie Sie sehen.«

»Komm«, forderte sie ihn ungeduldig auf. »Irgend etwas muß es hier doch geben.«

Der Weg war wunderbar geharkt, die dunklen Gebäude

schliefen mit aussichtslos geschlossenen Fenstern: die verlassene Arena mit den ansteigenden Sitzrängen, der Trichter des Amphitheaters und der große Rundbau des Circoramas. Aus dem Rasen wuchs die sinnlose Gestalt einer abstrakten Plastik aus blitzendem Metall.

Er blieb davor stehen.

»Nur das nicht«, sagte sie rasch. »Ich will nicht über Abstrakte reden. Mich interessiert weder Miró noch Klee. An beiden liegt mir nichts.«

Sie drehte sich zu ihm um, der letzte Abglanz der Sonne fiel auf ihr Haar. Sie war sehr schön in diesem Augenblick, und er vergaß, was er hatte sagen wollen, und dachte nur noch daran, daß sie sich vielleicht lieben würden. »Und woran liegt dir etwas?« fragte er.

»Komm«, sagte sie, »irgend etwas muß hier doch los sein.«

»Das ist es eben. Hier ist nichts los ... Und woran liegt dir also etwas?«

»An dir nicht«, fauchte sie, »wenn du es unbedingt wissen willst.«

»Mir an dir schon! Weil ich dich liebe.«

»Laß das. Laß dieses Gerede.«

»Ich hatte ein paar Mädchen, und eine davon hatte ich wirklich gern.«

»Na und?«

»Sie hat mich sitzenlassen ... Das war die erste. Ich habe schon gedacht, ich werde nie wieder eine so gern haben. Aber dich werde ich noch lieber haben!«

Aus der Ferne drang Blasmusik herüber und das Rattern der Waggons auf dem Bahnhof und das Bimmeln der Straßenbahnen, und das alles vertiefte noch die Stille. Und sie beide waren ganz allein auf dieser unermeßlichen Begräbnisstätte der Lustbarkeit.

Er blieb vor einer der Bänke stehen. »Setzen wir uns?«

Sie legte die Handtasche zwischen ihn und sich und versuchte, den Rock über die Knie zu ziehen.

»Ich habe es ganz im Ernst gemeint«, sagte er.

Sie streichelte mit den Fingern das Leder der Handtasche, dabei berührte sie seine Hand, vielleicht tat sie es absichtlich; wenn er jetzt zögerte, mußte sie ihn für einen Traumichnicht halten. Er deckte die Finger mit seiner Hand zu. Einen Moment lang erregte ihn die Berührung. Wenn sie die Hand nicht wegnimmt, werde ich sie umarmen. Er spürte immer größere Erregung, unter der sich ganz tief Enttäuschung sammelte: daß alles so leicht ging, daß sie gar nicht so anders war, so unzugänglich, so erhaben, daß sie ebensogut mit einem anderen hier sitzen konnte, daß sie wie alle anderen war – *genauso*.

Sie zog die Finger zurück und legte beide Hände auf die Knie, sie sah ihn nicht an, ein Zug donnerte über den Bahndamm; ihr langsamer und ruhiger Atem; er schaute ihr ins Gesicht, es war nicht mehr starr, nur noch sehr müde.

»Geschieht denn nie etwas?« fragte sie.

»Was soll denn geschehen?«

»Etwas Großes. Es soll sich etwas tun. Wird es nie mehr Revolutionen geben?«

»Revolutionen? Die hat es doch schon gegeben!«

»So eine meine ich nicht«, sagte sie verärgert.

»Was für eine dann?«

»Na, es soll sich einfach etwas tun«, sagte sie. »Flucht, Geschrei. Und auf der großen Treppe würde man Theater spielen. Nur so, unter freiem Himmel.«

»Und das wäre alles?«

»Nein.« Einen Moment lang deklamierte sie irgendeinen fremden Text. »Man könnte, was man wollte. Mitspielen oder nicht. Oder etwas anderes spielen. Die Treppe hinaufsteigen und nur schweigen und sich nach gar nichts richten.«

Er verstand sie nicht ganz. Wahrscheinlich konnte sie nicht genau sagen, was sie meinte, damit mußte man bei Frauen immer rechnen. Aber in ihrer Stimme lag etwas aufreizend Sehnsüchtiges, und das verstand er. Er fühlte sich ihr jetzt sehr nah.

»Wie soll ich dich nennen?«

»Was? Fängst du schon wieder ... Laß das!«

»Irgendwie muß ich dich doch nennen!«

»Dann denk dir was aus.« Sie gab sich wieder unzugänglich und teilnahmslos.

Er wurde wütend. »Gut. Ich habe mir schon etwas ausgedacht. Zum Beispiel Lingula.«

»Was?«

»Lingula.«

»Wie du willst«, sagte sie gleichgültig.

Auf dem Bahndamm fuhr abermals ein Zug vorbei. Sie schaute ihm nach. Funken und erleuchtete Fenster. Auch er sah es. »Lingula«, sagte er, »der Bahnhof ist gleich in der Nähe. Wir fahren irgendwohin!«

»Wohin?«

»Ist doch egal ... Da tut sich wenigstens etwas.«

Sie zuckte die Achseln.

Sie standen auf und gingen den menschenleeren Weg zurück. Ich habe nur noch sechzehn Kronen, fiel ihm ein. Aber zurück kommen wir schon irgendwie, wenn wir wollen.

Am Fahrkartenschalter stand niemand an. Er schüttete sein ganzes Geld auf das Schalterbrett. »Zweimal zu acht zwanzig«, sagte er.

»Was?«

Er sah ein altjüngferliches Gesicht, den erstaunten Blick hinter der dunkelgeränderten Brille.

»Zweimal zu acht zwanzig«, wiederholte er.

»Wohin?«

»Das ist egal«, sagte er. »Mit dem erstbesten Zug.«

»Sie wissen nicht, wohin Sie wollen?«

»Nein.«

»Solche Karten habe ich nicht«, eröffnete ihm die Schalterbeamtin. »Entweder zu sieben achtzig oder zu acht vierzig.«

Sie reichte ihm zwei harte Pappkärtchen. »Beeilen Sie sich! In vier Minuten geht Ihr Zug.«

2

Der Waggon schaukelte weich, hinter dem Fenster glitt die Nacht mit gläsernen Lichtern vorbei, im Abteil saßen vier Arbeiter, drei spielten Karten, der vierte saß ihr gegenüber, betrachtete sie schweigend und rauchte.

Sie konnte sich gar nicht erinnern, wann sie zum letztenmal mit dem Zug gefahren war. In den letzten Jahren hatte sie immer irgendeine Autobekanntschaft gehabt. Ein Spartak nach dem andern, der letzte gefiel ihr am besten, er war zweifarbig – rot mit schwarzem Dach, aber sonst war er wie alle andern, immer dieses Gerede, sie fuhren jeden Samstag zur Talsperre, er war geschieden, sie wußte gar nicht, warum sie mit ihm fuhr, eine Menge Blockhütten auf dem steilen Abhang, darin war es zum Ersticken heiß bis in die späte Nacht hinein, aber irgendwie mußte sie den Sonntag herumbringen, immer fand sich jemand für sie, wenn er bloß nicht solche Reden führen würde, sie schliefen nackt, er war ein gewöhnlicher Jurist, aber er liebte Lyrik: *Mädchen, du hast Augen wie ein Goldfisch und einen Kopf wie eine Madonna, ich möchte dich davontragen, wenigstens*

22

ein Stückchen, und dich auf den Tisch stellen unter Glas, dieses Gerede, sie hörte es noch in der tiefen Stille der Nacht, sie konnte nicht einschlafen, sie wollte einschlafen, aber sie konnte nicht, die Worte würgten sie, und sie wünschte, es wäre schon Tag, wünschte es sich so sehr, daß sie laut vor sich hinflüsterte: Gott, gib, daß es schon Tag ist!

Der Student, mit dem sie da fuhr, erzählte schon ewig lange Anekdoten über irgendeinen verrückten Professor, der Arbeiter ihr gegenüber betrachtete sie unverwandt. Sie sah ihn auch an, aber sie sah ihm nicht ins Gesicht. Er hatte einen mageren, sehnigen Hals, der aussah wie eine bizarre Landschaft, durchsetzt mit abgerundeten Hügeln und Mulden: in einer davon ruhte – an einem dünnen Kettchen befestigt – eine kleine Meeresmuschel. Sie fand es sonderbar, daß ein Mann so etwas Läppisches trug. Vielleicht war er am Meer gewesen und wollte, daß auch die andern es merkten.

Er sah, daß sie ihn betrachtete, und lächelte ein wenig. Sie lächelte zurück. Wenn er jetzt bloß nicht anfängt zu reden, erschrak sie. Sie wollte kein Gerede hören. Weder über ihn noch über sich, noch über das Leben.

Der Zug hielt, fuhr wieder an, über den Gang trampelten Schritte, ab und zu mußte sie über die Anekdoten lachen, der Arbeiter ihr gegenüber starrte sie weiterhin an: Vielleicht war er so am Meer gestanden, regungslos in den Anblick der Wellen vertieft, vielleicht hatte er sich die Muschel mitgebracht, weil er das Meer liebte und etwas haben wollte, was ihn daran erinnerte. Eine Sekunde lang blickte sie in seine ruhigen Augen, und dann merkte sie, daß er sie gar nicht wahrnahm, daß er sie nur immerzu ansah und dabei vielleicht an das Meer dachte oder an seine Tochter oder an irgendeinen längst vergangenen Tag, aber das alles sah er einzig durch sie.

Sie lächelte ihn abermals an, vielleicht war es gar kein Lächeln, sondern nur ein Ausdruck der Befriedigung.

Der Zug bremste. Die Arbeiter standen auf, der ihr gegenüber setzte sich die Baskenmütze auf, dann nickte er ihr zu wie einer alten Bekannten, und sie erwiderte darauf: Adieu, in einem Ton, wie auch sie sich nur von Bekannten verabschiedete.

Sie war jetzt allein im Abteil, allein mit dem Studenten, er setzte sich ihr gegenüber und schaute schmachtend drein. Wie Belmondo. Auch er hatte einen großen Mund und eine gerade Nase, nur an Verruchtheit fehlte es ihm.

»Du hast mir überhaupt nicht zugehört«, sagte er und bemühte sich, empört auszusehen. »Hast du den Kerl gekannt?«

»Ja.« In seinen Augen war nichts von der Ruhe des andern. Wehmut überkam sie. Was ist mir bloß eingefallen? Wohin fahre ich eigentlich? Ich weiß nicht einmal, wo wir schlafen werden. Aber darauf kommt es schließlich nicht an. Hauptsache, es gibt dort fließendes Wasser. Und er redet vorher nicht blöd herum.

Wie ein Kalb schaut er drein, was guckst du so?

Der ist ja noch ein Junge, fiel ihr plötzlich auf. Bestimmt jünger als ich. Der tut nur so, als ob. Vielleicht brächte er es sogar fertig, dachte sie, mich gern zu haben. Aber wozu, rief sie sich zur Ordnung. Wozu wieder anfangen? Es ist doch egal, ich habe mich schon daran gewöhnt, es ist alles ziemlich egal. Hauptsache, es ist nett, wenigstens ein bißchen nett. Unter halbgesenkten Augenlidern hervor sah sie gelbliche Lichter vorbeihuschen. »Komm«, hörte sie seine Stimme, »wir müssen aussteigen.«

Es war ein kleiner Bahnhof, vier Lampen, darunter kleine Tröge mit Pelargonien, ein verschlafener Fahrdienstleiter.

»Kennst du dich hier aus?«

»Nicht daß ich wüßte.«

Sie gingen den andern Leuten nach, durch holprige Dunkelheit gelangten sie zu einigen Lichtern, eines davon gehörte zu einem Gasthaus.

»Lädst du mich nicht zum Abendessen ein?« fragte sie.

»Selbstverständlich«, sagte er. Aber er blieb vor der Tür stehen und schaute verzweifelt drein. Schließlich erinnerte sie sich, wie er auf dem Bahnhof sein letztes Geld hingezählt hatte. Sie griff in die Handtasche, fand die kleine Geldbörse und reichte sie ihm.

Im Lokal saßen nur drei Förster und ein schwarzer Jagdhund, der Objektleiter hockte bei ihnen am Tisch, wahrscheinlich hatten sie gemeinsam getrunken, jetzt starrten sie gemeinsam auf sie.

»Donnerschlag«, sagte einer von ihnen halblaut.

Vier Knackwürste und Brot, sie setzten sich in die Ecke an einen Tisch mit Wachstuchdecke, über ihrem Kopf röhrte ein Zwölfender am Ufer eines hellblauen Flusses.

Die Förster sprachen lauter: »... und er flitzt dahin, die Schnauze dicht über dem Boden, und auf einmal bleibt er stehen, wie wenn man ihm die Läufe zusammenbindet, das Fell gesträubt, und rührt sich nicht vom Fleck...«

Sie wußte ganz genau, daß sie das schon einmal gehört hatte, sogar in eben diesem Gasthaus, seltsamerweise wiederholte sich auch hier alles, auch die drei Förster mit dem schwarzen Hund. Sie wußte, daß der Hund auf die Fährte eines tollwütigen Keilers gestoßen war, wann hatte sie das nur gehört, bestimmt war es schon sehr lange her, ja, sie erinnerte sich, ihr Vater war dabeigewesen, es mußte noch im Krieg gewesen sein oder im ersten Jahr danach, sie gingen über irgendeinen Weg, an den sie keine Erinnerung mehr hatte, gegen Abend kamen sie dann in diesem Gasthaus an, und gleich neben der Tür saßen diese drei Förster mit dem Hund und erzählten dieselbe Geschichte. Wie sonderbar, dachte sie, daß sie immer noch hier sitzen, daß sie die Geschichte noch immer nicht satthaben, aber hören wir nicht alle nur ein paar immer gleiche Geschichten?

Der Objektleiter stellte die Teller vor sie hin.

Sie aßen schweigend, plötzlich sagte er: »Dir ist etwas Trauriges begegnet, was?«

»Ja«, sagte sie, »du.« Sie brach in Gelächter aus.

»Und was ist mit ihm?«

»Mit wem?«

»Du weißt schon.«

»Ah…«, machte sie gedehnt. Sie hatte ihn völlig vergessen. Wie fast immer, wenn sie nicht bei ihm war. Nie war ihr jemand so nahegestanden, daß sie immer an ihn gedacht hätte.

»Liebst du ihn?«

Sie zuckte die Achseln.

»Das mußt du doch wissen!«

»Laß das Gerede! Wenigstens beim Essen.«

Einer der Förster näherte sich mit drei Gläschen. Er war noch jung, im roten Gesicht kluge Augen. »Wollen wir anstoßen? Auf die Schönheit des Fräuleins!« Er starrte die bronzene Münze an, er war außerstande, den Blick loszureißen.

Damals ist er auch gekommen, erinnerte sie sich. Und er hat mich gezwungen, zu trinken. Und dann haben alle gelacht. Wahrscheinlich habe ich ein Gesicht geschnitten.

Damals war ich fünf, dachte sie betroffen, warum hat er das damals gemacht? Aber jetzt glaubte sie genau zu wissen, warum er gekommen war.

»Zahl«, sagte sie leise.

»Los, trink«, sagte der Förster beleidigt, »sonst erschieße ich dich in der Nacht. Mitsamt deinem Bürschchen. Durch die Tür.«

Am Tisch wurde gelacht.

Sie wußte, daß er eben dieses Gelächters wegen gekommen war, und auch damit er sie sich genau ansehen und sich besser vorstellen konnte, was später kommen und was er nicht mehr sehen würde.

Sie nahm das Glas und trank es in einem Zug aus. Sie haßte diese letzten Augenblicke, die Schlüssel mit den Metallringen, das Weggehen und die Blicke im Rücken. »Ich danke Ihnen«, sagte sie und lächelte dem Förster zu. »Vielleicht kann ich mich einmal revanchieren.«

Dann setzte sie sich wieder, hoffentlich knarren die Betten nicht, hoffentlich macht der Objektleiter keine Geschichten, und hoffentlich redet auch *er* nicht mehr als nötig, damit es wenigstens ein bißchen nett wird; er kam von der Theke zurück und reichte ihr die Geldbörse.

Sie öffnete sie zerstreut, kramte eine Weile im Kleingeld herum, und plötzlich stellte sie fest: »Für die Übernachtung hat's nicht mehr gereicht?« Es klang beinahe triumphierend.

»Ich – ich habe nicht gefragt…« Dann sah sie, wie er rot wurde, und im selben Moment verspürte auch sie eine schmerzhafte Scham; sie stieß ihren Stuhl zurück.

Sie gingen durch eine lange Gasse erloschener Häuser, in den Gärten kläfften wild die Hunde, aber reine und tröstliche Stille herrschte hier, mein Gott, so etwas habe ich noch nicht erlebt, so ein Wahnsinn, dann war da ein Feldweg, die Akazien dufteten, und nur der Mond, der hoch am Himmel stand, spendete Licht, eigenartig und ungewohnt.

»Wohin gehen wir?« fragte sie. Sie betrachtete die abgestoßenen Spitzen ihrer Schuhe und bemühte sich, zu

erkennen, wie kaputt sie waren. »Wahrscheinlich nirgend-
wohin«, antwortete sie sich selbst. »Das ist es ja eben – nir-
gendwohin…«

Anscheinend merkte er den Spott nicht. »Einmal, als ich
ein kleiner Junge war, bin ich von zu Hause weggelaufen«,
begann er zu erzählen. »Mit einem Freund. Da habe ich
auch nicht gewußt, wohin. Wir haben unsere Schlafsäcke
genommen und einen Haufen Konserven…«

»Klar«, unterbrach sie ihn ungeduldig. »Ihr habt im
Wald geschlafen, und die Eulen haben geschrien, aber ihr
habt euch nicht gefürchtet. Dann hat man euch in irgend-
einem Kaff auf dem Bahnhof erwischt. Zu Hause hast du
nicht mal Schläge gekriegt, und dann hast du dich verliebt.
Da warst du dreizehn. In die Naturkundelehrerin. Sie hat
dich enttäuscht, weil du sie im Kabinett mit dem verheira-
teten Turnlehrer ertappt hast. Da hast du dein erstes Gedicht geschrieben. Gott! Wenn du wenigstens irgendein
Lied geschrieben hättest!«

»Was?« Er begriff nicht.

»Ein Lied«, wiederholte sie. »Aber nein. Alle habt ihr
nur Gedichte geschrieben.«

Sie hätte nicht sagen sollen ›alle‹, das hatte ihn wohl am
stärksten getroffen. Er schwieg jetzt, und sie setzten ihren
ziellosen Weg in bedrückender Stille fort.

Schließlich ließ er sich wieder vernehmen: »Warum bist
du immerzu so? Du willst nichts hören.« Und als sie nicht
antwortete, fragte er noch: »Was machst du überhaupt?«

»Laß das. Hör auf, mich auszufragen!« Dann sagte sie:
»Ich bin beim Film. Im Archiv. Wenn du's unbedingt wissen mußt.«

»Das muß interessant sein.«

»Ungeheuer.«

Vorher hatte sie in der Buchhaltung gearbeitet. Nie hätte

sie sich etwas Ähnliches träumen lassen: vier Filme pro Tag; Marlon Brando, Laurence Harvey, Alain Delon, diese Küsse, Rendezvous an der Ecke, diese Roben, Diners, diese Bars, Orchester, diese Stars, Cybulski, Marilyn Monroe, May Britt, unbeendete Stripteaseszenen, angedeutete Vergewaltigungen; Krieg, so viel Grauen und glückliches Sichwiederfinden. Berufliche Erfolge. Eisenbahner, Dreher und Bergleute auf der Suche nach neuen Umweltbeziehungen. Halbstarke, Mord im Badezimmer und Mord auf leerer Straße. Viele leere Straßen. Abenddämmerung und Morgendämmerung auf verlassenen Straßen. Parkanlagen. Bänke im Park. Kinder und Rentner und Liebespaare im Park. Verfolgungsjagden im Park. Abfahrende Züge. Lichter auf nächtlichen Straßen. Die Welt durch ein verregnetes Fenster. Poesie der Einsamkeit. Poesie des Regens. Poesie der weiten Ebene. Poesie der Berge. Poesie des Widersprüchlichen. Poesie der Kriegstrümmer. Poesie der Sonne zwischen Zweigen. Poesie des ersten Kusses, nach dem nichts mehr kommt. Nach dem alles erst anfängt. Alles. Sie kannte alles.

Die Wirksamkeit nicht beendeter Sätze. Unvollendeter Gesten. Die Wirksamkeit einer Andeutung. Der prikkelnde Reiz des Von-hinten-entkleidet-Werdens und eines fortgeworfenen Büstenhalters. Nackter Beine bis zu den Schenkeln. Eines nackten Halses bis zum Brustansatz. Der prickelnde Reiz verhüllter Nacktheit. Nacktheit, mit einer Decke verhüllt. Nacktheit, in Dunkel gehüllt. Von einem Tisch verdeckt. Nacktheit hinter einer spanischen Wand. Hinter vorgehaltenem Badetuch. Hinter einem klaffenden Morgenrock.

Sie kannte alles. Sie wußte genau, warum es keinen Sinn hatte, zu leben. Sie wußte genau, warum es doch einen Sinn hatte, zu leben.

»Ich studiere Würmer«, sagte er, »und ähnlichen Käse. Morgen mache ich Examen.«

Sie stiegen langsam einen langgezogenen Abhang hinauf und blieben erst ganz oben vor einer niedrigen, verfallenen Kapelle stehen; ein steil abfallender, zerklüfteter Kalksteinfelsen, tief unten im Tal ein Fluß, von dem aus sich dunkle Pfade emporwanden. Der Horizont war weit, zusammengesetzt aus mehreren Ketten nachtdunkler Berge.

»Schau mal«, sagte er.

Sie war müde, ihre Fußsohlen brannten. Ich sollte mir die Schuhe ausziehen, dachte sie, was für eine Idee, auf hohen Absätzen herumzuwandern, was für eine Idee das alles; mitten in der Nacht auf einem unbekannten Felsen stehen, nie hätte sie das für möglich gehalten, wenn jemand es ihr erzählt hätte. »Was jetzt«, sagte sie. »Wir können doch nicht ewig hierbleiben.«

Er drehte sich um und griff behutsam nach der rostigen Klinke; aus dem Inneren der Kapelle schlug ihnen warme Luft entgegen, voll vom Duft längst verwelkter Blumen und verbrannten Wachses.

Vom Altar her blickte eine bleiche Madonna auf sie nieder, auf dem Boden lag ein fadenscheiniger kleiner Teppich.

»Was sollen wir hier?«

»Nichts«, sagte er, »gar nichts. Oder willst du beten?«

Sie setzte sich müde auf den Teppich, lehnte sich an das niedrige Podest, auf dem der Altar stand, zog die Knie unters Kinn und schloß die Augen.

»Hier ist es so sonderbar still«, flüsterte sie.

»Das paßt dir doch, oder?«

»Ja.« Aber die Stille war hier lastender als draußen, dies war ein Ort großer Verlassenheit.

»Kannst du beten?« flüsterte sie.

»Nein.«

Auch sie konnte nicht beten. Noch irgendwann im Krieg hatte die Großmutter ihr das Vaterunser und das Gegrüßetseistdu beigebracht und selbst die eingelernten Worte heruntergeleiert, sobald die Sirenen zu heulen und die Flakgeschütze zu ballern begannen, aber sie hatte nie gebetet. Sie war erst drei Jahre alt, und später verlangte niemand mehr von ihr, daß sie betete. Weder als sie krank war, noch als ihr Zuhause zusammenbrach und der Vater wegging. Sie flehte weder um Erbarmen noch um Hilfe, weder um Rache noch später um Segen für den neuen Vater, da war sie schon groß, zehn Jahre. Sie hatte weder gebetet noch gebeten, jetzt fiel ihr ein, daß es eigenartig und schön sein mußte, jemanden zu haben. Nicht etwa, um zu ihm zu beten, sondern um sich einfach an ihn zu wenden und sich ihm anzuvertrauen. Jemanden von der Art hatte sie schon sehr lange nicht mehr gehabt.

Und wozu auch, sagte sie sich zornig. Man wird doch nur enttäuscht. Ob man an Gott glaubt oder an irgendeinen Mann, immer wird man am Ende enttäuscht.

»Erzähl etwas«, sagte sie laut. »Sitz nicht da wie eine Mumie.«

»Ich habe keine Lust«, gab er zurück.

Sie spürte hinter sich das wächserne Antlitz der Statue, und der Duft der welken Blumen kitzelte sie in der Nase. Er stand irgendwo hinter ihr, vielleicht auch neben ihr, sie sah nichts außer der kahlen Wand und dem Fensterchen, durch das ein eigenartig trübes Licht hereinfiel. Aber sie hörte seinen Atem. Er regte sie auf. »Kannst du singen?«

»Ein bißchen.«

»Sing was!«

»*So etwas* kann ich nicht.«

»Das macht nichts.«

»Ich kann doch hier keine Schlager grölen!«

»Was ist schon dabei?«

»Du bist ja nicht bei Trost«, sagte er.

»Dann hör wenigstens auf zu atmen!«

»Was?«

»Geh weg«, schrie sie, »oder hör auf zu atmen!«

»Gut«, sagte er.

Und sie hörte wirklich nichts mehr, als sei er plötzlich verschwunden oder tot, und sie war jetzt ganz allein an diesem verlassenen Ort, ganz allein, sie wußte, daß sie nicht die Kraft hatte, aufzustehen und in die Dunkelheit hinauszugehen, daß sie den Weg nicht gefunden hätte, auch wenn sie aufgestanden wäre, und hätte sie den Weg gefunden, so hätte sie noch immer kein Ziel gehabt.

Würgende Bangigkeit erfaßte sie: Komm zurück und sei nicht tot, sagte sie im Geiste zu ihm. Stirb nicht! Geh nicht weg! Widersetz dich nicht! Bleib bei mir! Führ mich weg von hier!

»Sing was«, sagte sie leise.

»Also gut.«

Sie sah ihn noch immer nicht, aber sie gewahrte jetzt an der nahen Wand seinen Schatten, gerade als er den Mund öffnete.

Er sang ganz leise, er hatte eine angenehme Stimme, die Melodie war ganz einfach, ein bißchen einlullend und ein bißchen komisch, doch sie hörte bald auf, sie wahrzunehmen, nahm nicht einmal mehr die Worte wahr, nur einzelne Bilder, die keinen Sinn hatten: Elefanten mit Fahnen, nasse Dächer aus Fußballtrikots geflochten, Scharen fliegender Bären, Palmenglut, eine Uhr mit Mäuseantrieb: warme Farben, Bilder wie vibrierende Kleckse. Sie sah noch immer diesen sich bewegenden Schatten, aber nicht mehr an der nahen Wand, sondern unter einer hohen weißen Treppe: Er gehörte ihr. Sie konnte die Hände nach ihm ausstrecken und sagen: Komm zu mir, geh nicht fort, widersetz dich nicht, bleib bei mir – sie konnte das sagen und wußte, er würde verstehen, er würde bei ihr bleiben.

Also sagte sie: Komm! Und sie liefen über die riesige Treppe, tausend Schauspieler drängten sich da, manche schwenkten Fahnen, andere deklamierten nur traurig, aber sie beachteten sie überhaupt nicht und stiegen immer höher hinauf.

»*Haltet ein!*« rief man ihnen nach. »*Dort öffnet ein Abgrund seinen Schlund! Schlagt nicht über die Stränge, Kinder!*«

»Pfeif doch auf alle«, hörte sie ihn sagen. »Auf die Komödianten, auf die Onkels. Auf die Phrasendrescher, auf die Autofernsehhelden, die alles auf der Welt herunterrezitieren.«

»Hier können sie spielen«, sagte sie. »Hier sind sie recht amüsant, wenn sie spielen.«

Sie standen jetzt ganz oben auf einem schmalen betonierten Grat, der wie ein Faden schwankte.

»Was siehst du?« fragte er.

»Alles«, sagte sie. »Dort ist Leere, aber darin sehe ich alles, was ich jemals sehen wollte.«

Er sang nicht mehr, sie erschrak einen Moment lang, aber die Stille war jetzt einladend und freundlich, und sie stand noch immer auf dem schmalen betonierten Grat, hinter dem alles lag, und sah den dunklen Schatten vor sich. Er soll sich nicht bewegen, wünschte sie sich, es soll alles so bleiben, wir bleiben für immer hier zusammen. Es soll nie Morgen werden, und dieser Augenblick soll immer dauern.

Unsinniges, rauschhaftes Verlangen nach Lachen überfiel sie, sie hielt den Atem an, dann spürte sie Tränen auf den Wangen. Ich bin glücklich, stellte sie erstaunt fest.

3

Es war ein höchst albernes Lied, sie hatten es abends im Wohnheim gedichtet, wenn sie sich schon ganz abgestumpft fühlten. Es hatte dreißig Strophen, ich singe ihr höchstens zwei vor, damit sie sieht, wie sie mit den Gedichten danebengeschossen hat, dann werde ich sie küssen. Doch dann sang er immer weiter und betrachtete dabei ihr Gesicht: regungslos und sehr schön. Sie war schön, er konnte sich vorbeugen und sie küssen, aber zugleich war sie so unnahbar und fremd, und da ließ er es lieber bleiben.

Das kommt daher, daß ich nichts von ihr weiß, fiel ihm ein, und er sah sie weiterhin an; er war gewöhnt, stundenlang aufmerksam und konzentriert zu schauen – sich die Formen der Käfer und Pflanzen einzuprägen –, doch nie hatte er menschliche Züge eigens erforscht, die sind doch auf den ersten Blick erkennbar.

Seit sie zusammen waren, hatte er sie immerzu angeschaut, aber gleichzeitig hatte er den Weg und die Häuser und die Nacht wahrgenommen, hatte gehört, wie die Hunde bellten und der Zug fuhr, er hatte viel gesprochen und an das gedacht, was er tat und noch tun würde. Doch jetzt, in diesem Augenblick, dachte er an nichts anderes und nahm nichts anderes wahr als sie und ihre Reglosigkeit, und da sah er fassungslos trotz dieser Reglosigkeit ein feines Beben der Haare und der Wimpern und des gebeugten Nackens, ahnte das Beben der Finger und des Atems, und schließlich sah er, wie das Weinen in ihr aufstieg und sich Bahn brach. Und er verspürte großes Mitleid und Bedauern, bestimmt hatte sie etwas Schweres erlebt, aber er *würde alles tun, um sie glücklich zu machen*! Er berührte ihre Schulter.

»Nein!« stieß sie aus. »Nicht hier. Nicht jetzt.«

»Sag etwas. Sag mir etwas von dir!«

»Ja.«

»Sagst du mir alles von dir?«

»Ja«, antwortete sie leise, »aber nicht hier.«

Er reichte ihr die Hand, und sie verließen die Kapelle, im Nordosten verblaßte allmählich die Nacht.

Sie stolperten schweigend über den steinigen Weg. Er drehte sich öfter nach ihr um und wartete. Sie war sehr müde, ihr Haar war zerrauft, und unter ihren Augen lagen dunkle Schatten, bald würde es hell sein, sie hatten sich nicht einmal geküßt, nur weil sie immerzu so dumm geschwiegen hatte. Warum? Worauf wollte sie warten? Worauf wollte sie noch warten? Er drehte sich zu ihr um. »Gut, daß du mir alles sagen wirst.«

Sie hörte die Ungeduld heraus.

»Setzen wir uns ein bißchen?«

»Wart einen Moment.«

Sie war sehr müde, und eine eigenartige Wehmut lastete auf ihr. So als hätte jemand sie aus einem Traum gerissen, der lebendig war und bunt und voll starken Gefühls. Sie konnte nicht richtig wach werden, aber sie konnte auch nicht mehr zurück.

Aus dem Dunkel sprossen die ersten Hütten des Dorfes hervor, die Hähne krähten lauthals, der Weg begann sich abzuzeichnen, und der Staub wurde feucht.

»Also, was ist?« sagte er.

»So wart doch.« Dann fragte sie: »Wie kommen wir nach Hause?«

»Mußt du ins Büro?«

Sie nickte.

»Die Fernfahrer kommen noch«, sagte er. »Für dich halten sie bestimmt an.«

Aber sie gingen über eine Nebenstraße, er wußte, daß hier keine Fernfahrer vorbeikommen würden, und er war recht froh darüber. Es blieb ihnen nur noch so wenig Zeit.

»Komm! Wir setzen uns hin.«

Sie schüttelte den Kopf. Was sage ich ihm bloß, überlegte sie müde. Damals, als der erste sie an der Hand gefaßt hatte … Sonderbar, der hatte das mit genau der gleichen Bewegung getan wie er, gestern abend. Es war nicht auf einer Parkbank gewesen, sondern im leeren Naturkundekabinett. Sie erinnerte sich an den hohen grünen Schrank mit den ausgestopften Vögeln, an die Kröte in Spiritus, an die Tarantel, er hatte es mit genau der gleichen Bewegung getan wie dieser da gestern, was Wunder, daß später so viele bedeutendere und nachhaltigere Erlebnisse gekommen waren: Zusammenkünfte und Autofahrten, Geständnisse, Bitten, Drohungen, Männertränen, Nächte im Park und Nächte in fremden Wohnungen, Enttäuschungen, Hotelbetten und Abschiede. Aber dieses eine sah sie deutlicher als alles andere, sie erinnerte sich genau an die Berührung, als er seine Hand auf die ihre legte, diese hauchzarte und schöne, längst vergangene Berührung.

Ich bin ganz hübsch sentimental, dachte sie. Das macht die Müdigkeit. Sie ließ die Lider ein wenig sinken, und es gelang ihr, an überhaupt nichts zu denken. Ihr ganzes Leben versank, abermals kehrte das Traumgefühl zurück. Sie sah die dunklen Umrisse eines Waldes gegen den blauenden Himmel, die brandgeschwärzte Stadtmauer, noch konnte sie den schwachen Feuerschein erkennen; sie war jetzt eine Kolonne marschierender Soldaten, die sich wieder einmal ihrem Ziel näherten.

Wohin führst du mich?

Ich führe euch, Soldaten, der Zukunft entgegen. Zu einer größeren Liebe. Zu einem neuen, wertvolleren Glück.

Nein, sagte sie, ich glaube nichts mehr. Ich kann einfach nichts mehr glauben. Ich bleibe hier.

Ja, dann, sagte der vorn, wirst du ein versprengter Soldat sein. Am schlimmsten von allen geht es den versprengten Soldaten, die auf dem leeren Feld herumirren und sich einreden, sie könnten auf eigene Faust etwas erreichen. Du wirst unter Regen und Einsamkeit und dem Schweigen leiden, du entwöhnst dich unserer Rangordnung und unseren trefflichen Befehlen, und wenn der Feind auf dich stößt, wirst du nur ängstlich stammeln, und er macht dich kalt, und niemand findet sich, der dir die Augen zudrückt.

Ich bleibe hier bei ihm, sagte sie glücklich, ihn habe ich gern.

Er blieb plötzlich stehen, lauschte eine Weile, es gelang ihm nicht, seinen Ärger zu verbergen: »Da kommt ein Wagen.«

Es war ein schwerer Tatra, die Ladefläche mit einer Plane zugedeckt. Der Fahrer riß die verquollenen Augen auf. »Ihr habt aber ziemlich lange geschmust«, sagte er. »So was habe ich noch nicht erlebt. Um vier Uhr früh!«

Der Fahrer schwieg eine Weile und sah sie an. Dann sah er ihn an, und dann wieder sie.

»Also, steigt auf«, sagte der Fahrer schließlich. »Dort ist noch was frei zwischen den Fässern.«

Er schwang sich hinauf, im Dunkeln erkannte er die braunen Ovale der Fässer, es roch streng nach Bier.

Sie mußte sich die Schuhe ausziehen und reichte sie ihm, dann versuchte sie, ein Bein über die hohe Seitenwand zu schwingen, aber ihr Rock war zu eng. Er beugte sich hinunter, faßte sie unter den Achseln und hob sie herauf, einen

Augenblick lang hielt er sie in den Armen, und ihr Mund war ganz nah.

An der Seitenwand lag ein Bündel festgetrampelter, feuchter Decken. Es war sehr eng hier, sie saßen auf den Decken, ihre Ellbogen berührten einander, beide hatten die Knie bis unters Kinn hochgezogen.

»Na siehst du«, sagte er, »siehst du.«

Sein Gesicht war dem ihren ganz nah. Sie sah jeden einzelnen Zug seines Gesichts gegen die helle Öffnung in der Plane. Ein Jungengesicht. Ganz glatt und rein. Er will, ich soll ihm sagen, daß ich ihn gern habe. Und küssen will er. Irgendwie muß ich ihm beibringen, daß ich ihn gern habe, und daß ich ihn deshalb nicht küssen will. Nicht jetzt! Wenigstens jetzt nicht! Sie wußte, sie mußte rasch etwas sagen, damit er es verstand. Wenn sie nur die Worte fände, die einfachen Worte: Ich hab dich gern.

Du liebst mich also, würde er sagen, da gehen wir zusammen irgendwohin, oder? Nein! Irgendwie anders. Mit aller Kraft zwang sie die Worte herbei, und da kamen sie schon, näherten sich wie aus weiter Ferne: zwei Lichter auf morgendlich leerer Straße, Breitleinwand, leises Flüstern unter der Plane:

Es war ein unvergeßlicher Abend. Auch wenn wir sonst nichts mehr miteinander erleben, es hat sich gelohnt, daß wir uns kennengelernt haben. Aber jetzt verlassen wir einander nie mehr!

»Du hast mir versprochen –«, sagte er.

»Hör auf damit!« schrie sie ihn an. Wie sie diese Phrasen haßte! Sie hafteten an ihr. Sie gehörten zusammen. Und sie waren in ihr. Sie war von ihnen durchtränkt. Sie brachte nichts anderes zustande. Mehr war bei ihr nicht drin. Sie konnte ihn nur küssen.

Du liebst mich also? Wir gehen zusammen, ja?

Wohin?
Vielleicht zu dir.
Sie versuchte den Film anzuhalten, aber er lief schon.

Ein kleines Zimmer in der Morgendämmerung. Ein aufgeschlagenes Bett. *Es ist nicht besonders gut aufgeräumt hier.*

Geweitete Knabenaugen. *Schön hast du's hier!* Linkische Schritte. *Wohin gehe ich einstweilen?*
Dreh dich um!

Eine langsame, katzenhafte Geste. Arme über dem Kopf erhoben. Das Abnehmen der Bronzekette.

Hinter dem Fenster erwacht die Stadt. Tonnenmänner. Milchkannen.

Nahaufnahme eines Stuhls. Die letzten Wäschestücke fallen darauf.

»Na siehst du«, ließ er sich vernehmen, »gleich sind wir in Prag ... Also, viel wirst du mir nicht mehr erzählen.«

Er wollte jetzt gar nichts mehr hören. Er wollte nur seine Enttäuschung auf irgend etwas abwälzen. Die Enttäuschung darüber, daß sie es die ganze Zeit fertiggebracht hatte, sich ihm zu entziehen, daß er so auf ihre Geheimnistuerei hereingefallen war. Sie war mit ihm gefahren, um sich von ihm einen Abend lang ihre Leere ausfüllen zu lassen. Aber sicher war er sich dessen nicht. Hätte sie sich jetzt zu ihm umgedreht, hätte sie ein bißchen gelächelt, dann hätte er wahrscheinlich alles zurückgenommen, aber sie schwieg, und er sagte sich wütend immer wieder: ein hohles, ein ganz gewöhnliches, hohles Geschöpf ... »Du sagst mir also nichts?« fragte er noch einmal.

Sie bemühte sich krampfhaft, einen einzigen Satz zu finden, aber in ihrem Kopf wirbelten sinnlose Wortfetzen und Geständnisbrocken, nichtssagende Banalitäten, Namen von Tieren und Blumen schwirrten durcheinander, Kose-

worte rotierten – mein Süßer, mein Liebster, mein Schätz-
chen, mein Schäfchen, mein Katerchen, mein Schwarzge-
locktes, mein Kleiner, mein Einziger – und leise schmatz-
ten Küsse. Es gab nichts anderes. Nichts. Sie öffnete leicht
die Lippen, schluckte trocken und schüttelte den Kopf.

»Du … du …« Er hätte sie am liebsten geschlagen, aber
er drückte nur schmerzhaft ihre Schulter.

»Nein«, sagte sie rasch, »bitte nicht!«

Sie schüttelte benommen den Kopf, er umschloß ihr Gesicht mit den Händen, einen Moment lang waren ihre Augen sehr nahe, ihre Reglosigkeit bestürzte ihn. »Nein«,
sagte sie ganz leise, »bitte nicht.«

Dann knieten sie auf den nassen, festgetrampelten Dek-
ken und küßten einander. Er küßte sie: mein Liebes, Einziges, mein Geliebtes, wie schön du bist, wie gut du riechst,
meine Lingula, bis das Auto übers Großstadtpflaster zu
holpern begann, und sie flüsterte: »Laß das! Hör endlich
auf!« Und sie saßen wieder nebeneinander, die Knie unters
Kinn gezogen, er hielt sie um die Schultern, das Bier roch
durchdringend.

Durch die Öffnung in der Plane sah sie geschwärzte Re-
ste von Mauern und Dächern und Kaminen, und in ihrem
Kopf war es so klar und ruhig wie immer, wenn sie von
einer durchbummelten Nacht zurückkehrte.

»Lingula«, sagte er, »bist du glücklich?«

Gott, und jetzt wieder ins Büro, ich werde es kaum
schaffen, mich umzuziehen, ich werde Ringe unter den Augen haben. »Und ob ich's bin«, sagte sie mit ganz klarer,
ganz ruhiger Stimme.

Das Auto blieb vor dem Elektrizitätswerk stehen. Er
sprang als erster herunter. Noch einmal hielt er sie in den
Armen. Dann warteten sie vor dem weißgekachelten Gebäude; über dem Fluß hing goldüberhauchter Nebel.

»Gehen wir zu Fuß?«

Eine uralte Straßenbahn ratterte über die Brücke. »Ich fahre«, sagte sie. »Jetzt läßt du mich hoffentlich gehen.«

Er nickte. »Und wann sehen wir uns wieder?«

»Wozu?«

»Ich habe dich doch lieb«, sagte er verwundert.

»Wozu?« wiederholte sie.

Sie sah sein Erstaunen, und auch in ihr stieg schmerzliches Bedauern auf. Sie hätte längst die Straße überqueren müssen. Aber sie wollte ihm wenigstens jetzt etwas sagen.

Sie standen einander gegenüber und schwiegen. »Was ist das, diese Lingula?« fiel ihr ein.

Endlich konnte er sich für all ihr Schweigen rächen.

»Lingula? Laß das! Da kommt deine Straßenbahn.«

Er sah ihr nach, wie sie über die breite, menschenleere Kreuzung lief.

Er begriff nicht, wie sie so leicht weggehen konnte. Ohne ein einziges Wort. Bedeutete ihr das alles denn gar nichts? Konnte sie denn nichts von dem fühlen, was er fühlte?

Einen Moment lang spürte er einen würgenden Schmerz in der Kehle und im Mund und mußte ein paarmal schlukken, um ihn wenigstens ein bißchen zu vertreiben.

Er sah, wie sie in die anfahrende Straßenbahn sprang, er konnte also gehen, aber er wartete, sie stand noch auf dem Trittbrett, wenigstens umdrehen hätte sie sich können.

Sie stand auf dem schmutzigen Trittbrett, wieder einmal kommt sie so spät heim, aber was machte das schon aus. Es war doch eine eigenartige Nacht gewesen, schade, daß sie nicht länger gedauert hatte, daß das Auto gekommen war, daß der Morgen gekommen war, daß er war wie alle andern…

Jemand rief hinter ihr: »Na los, Fräulein, weiter!«

Sie stieg auf die Plattform, die Straßenbahn fuhr kreischend in eine Kurve, vielleicht steht er noch dort, sie wollte sich hinausbeugen und sich überzeugen, ob er noch dort stand, aber schon wurde sie in den Wagen geschoben, sie erblickte einen leeren Sitz, erst jetzt merkte sie, wie müde sie war, der Schaffner lochte eine Karte, dunkle Straßenbahneruniform, er lächelte ein bißchen, vielleicht galt es ihr, vielleicht jedoch nur der Bronzemünze – sie paßte nicht hierher, so früh am Morgen. Sie schloß halb die Augen und sah ihn plötzlich vor sich, den dunklen Schatten, und sie wußte, sie hätte ihn auch mit geschlossenen Augen gesehen, auch wenn er vor ihr geflohen wäre, den regungslosen Schatten auf der nahen, nachtdunklen Wand. Er war in ihr. Sie konnte die Hand nach ihm ausstrecken und sagen: Komm zu mir, geh nicht weg, widersetz dich nicht, bleib bei mir, und er würde bei ihr bleiben und sie nicht verlassen; sie nahm den Fahrschein und lächelte ebenfalls.

Die große Normaluhr zeigte halb sechs Uhr früh, um halb neun sollte er beim Examen sein. So phantastisch hatte sich bestimmt kein anderer vorbereitet. Den ganzen Nachmittag, den ganzen Abend und die ganze Nacht lang. Mit ihr. Und zum Schluß hatten sie sich geküßt. Das würden sie ihm kaum glauben.

Lingula, sagte er im Geiste zu ihr. Lingula, sagte er im stillen vor sich hin, den Brachiopoden zugehörig, die Schalen öffnen und schließen sich im vorderen, freien Teil der Mantelränder, dort sind Borsten eingelassen. Wie alle Würmer dieser Gruppe ist auch die Lingula nahe mit der Phoronis verwandt...

Fließband

1

Was für ein Morgen das war, ein völlig ungroßstädtischer
Morgen, Himmel über den Dachfirsten, ein Himmel wie
das Meer, da ließe sich segeln, wie ein Feld, da ließe sich
wandern: immer geradeaus, wenn es nur immer geradeaus
ginge, kein Einsteigen, kein Aussteigen, nur immer geradeaus, und die Sonne stiege empor, und du auch, glotz nicht
so, trab lieber los und steig ein; erstickend heiße Straßenbahn, Körperausdünstungen, plötzlich wurden seine Knie
weich, nicht einmal zum Waschen hatte es gereicht, und der
Tag vor ihm – noch bestand Hoffnung, aber nicht viel, es
sei denn, die Werkhalle brach zusammen oder die Pest aus,
WEGEN PEST GESCHLOSSEN, da würde ich mit Ladik losziehen, wegen Pest geschlossen, ach Gott, oder vielleicht mit
Eva, auch wenn sie schon geheiratet hat, schade, daß du das
getan hast, wir würden losziehen, wegen Pest geschlossen,
noch bestand Hoffnung für diesen Tag, er hetzte zum Tor,
sah schon von weitem den weißen Zettel, die Schrift ver-
schwamm, geschlossen, wäre doch geschlossen, aber es
wurde nur eine Belegschaftsversammlung angekündigt,
das hätte er sich denken können, er spuckte aus; die Stechuhr, dieser mechanische Wächter, der freudlose Wächter
deines Lebens, mach's Maul auf, Bestie, sechs Uhr vier
Minuten, er lief an der Wache vorbei und über den Hof
voll wirbelnder Flugasche, stieß mit der Schulter das Tor
auf, die erste Halle, vorbei an ratternden Pressen, Anča
schneidet wie immer Blech, ihr Rücken ist davon wie eine
Haselrute geworden, wie ein Bogen, man sollte dir eine

Grube in den Boden hacken, dann müßtest du dich nicht so bücken, wenn ich Ingenieur wäre, aber wer kümmert sich schon um dich, noch ein Tor, dann sah er schon die ewig unveränderliche Reihe, wie jeden Monat, wie jeden Sommertag und jeden verregneten, traurigen und jeden verschneiten Tag und an seinem eigenen Todestag, wenn er noch herkommen und nachsehen könnte: am Anfang eine Glatze, am Ende Eva – Haartönung gelb wie ein Entenküken, schon verheiratet, da läßt sich nichts mehr –, neben Ladik ein leerer Platz, dort gehöre ich hin; mit der rechten Hand ein großes gezähntes und drei kleine Rädchen, mit der linken zwei Stifte, ansetzen, einrasten lassen, ausprobieren, dann vier Schrauben nehmen, in die Öffnungen schieben, einhängen; auf seinem Platz war vorübergehend der Meister eingesprungen; jetzt war er nicht mehr Meister, er war jetzt er, das war das Los dieses Platzes, wer ihn einnahm, ob Priester oder Seiltänzer, ob einbeiniger, tauber Ringkämpfer – ob am Morgen nach dem Begräbnis der eigenen Mutter oder nach der ersten Nacht mit einem Mädchen, der mußte auch an dem Tag mit der rechten Hand ein großes gezähntes und drei kleine Rädchen nehmen, mit der linken nach den Stiften greifen. Der Blick des Meisters ruhte auf dem Uhrzeiger, das konnte er auch während der Arbeit, das konnte jeder: schauen und denken, sogar denken, während Zeigefinger und Daumen der linken Hand den Stift präzis in die Öffnung des Gehäuses schoben, der Meister öffnete den Mund voll grauer Porzellanzähne, das gibt wieder einen Vortrag wie im Fernsehen, mach lieber Platz, ach Gott, erst sechs Uhr zehn, eigentlich neun, aber das ist schon so gut wie zehn, während ich hinschaue und der Meister quasselt, hat doch sowieso keinen –, ein großes gezähntes, drei kleine; jetzt ist der Zeiger weitergehüpft, die Marie hat heute aber einen Pullover an, ein großes gezähntes, der kann reden, soviel er will, einmal wird er kommen und mich nicht mehr finden, bei Gott; gerade an dem Tag möchte ich aber da sein, diese Lust, und ihm zuschauen, aber da werde ich schon mein eigenes Pferd reiten, vier Schrauben, in die Öffnungen schieben ... Schließlich kann ihm das – und fertig, die Hängebahn rückt sacht weiter, herunternehmen und einhängen, Maries Schraubenzieher surrt, sechs Uhr sechzehn, an der weißen Wand näßt ein sonderbarer, bläulicher Fleck. Er brauste eine blendend weiße Straße entlang, durch eine Kirschbaumallee mit feuchtem Laub, die Wiesen dampften, hallo, zwei Männer erhoben sich unter einem Baum, winkten wild.

Er hielt an.

Entschuldige, es ist was Schreckliches passiert, wahrscheinlich ist er tot!

Sie schleppten ihn mitsamt dem Motorrad übers Feld, der schwarze Lehm blieb an den Reifen haften. Hinter dichtem Gebüsch lag er. Das zerfetzte Hemd blutgetränkt – in der Brust stak ein Taschenmesser in Gestalt eines Fisches. Er beugte sich über den Mann. Klarer Fall, stellte er fest, direkt ins Herz getroffen. Gehört er zu Ihnen?

Auch das noch.

Er winkelte den Arm des Toten an, der Mann mußte erst vor ganz kurzer Zeit gestorben sein, dann bemerkte er Fußspuren, sie liefen von hier weg, schmale Fußspuren einer Frau, Eindrücke der Absätze, er kickte das Motorrad an, eine Weile hörte er noch das verzweifelte und ratlose Geschrei, was konnte er ihnen denn –, er folgte schon der Spur wie ein Jagdhund. Der Motor keuchte bergauf, machte schon wieder Zicken, jetzt aber mußte er darauf achten, wo er überhaupt hinfuhr, welche Spur er da verfolgte, was ihm bevorstand, tief atmete er die Kühle des Waldes

45

ein, moosige Kühle, modernde Tannennadeln, schlüpfrige Baumstämme, bleiche Zunderschwämme, ein Stück vor ihm torkelte sie dahin; sie versuchte noch zu fliehen, ein armseliger, unbeholfener Versuch, warum fliehst du, vielleicht kann ich dir –, sie wandte ihm das Gesicht zu, er sah entsetzte Augen, Hundebraun der Augen.

War das Ihr...

Nein.

Gut. Dachte ich mir.

Sie gefiel ihm, sie war so überaus, so unfaßbar schön. Wie ist es überhaupt passiert, daß ausgerechnet ... Er hob sie vorsichtig auf, sie mußte sich hinter ihn setzen, die Berührung ihrer Finger, sie glitten über seine Hüften wie warme Regentropfen, wie Küsse, er erschauerte darunter. Endlich, endlich war er da, endlich der große Augenblick, endlich konnte er nur fahren, jetzt nur noch fahren, immer geradeaus, Tag und Nacht, immer nur, und der niedrige, bebende Wald floh an seiner Seite, feuchte Steine, unaufhörlich die Berührung der Finger und warmer Atem.

»Das ist doch Ausschuß«, ließ sich Ladik vernehmen. »Schau, das ist heute schon der dritte...« Er warf das Teil in die Kiste hinter sich.

»Na ja.«

»Liba und ich wollten dich gestern abholen. Wir sind zum Wasser gefahren.«

Sechs Uhr siebenunddreißig, durchs Fenster sprang der erste Sonnenstreifen herein, fiel dicht vor ihm auf den Tisch.

»Das wird wieder eine Hitze«, sagte Ladik. »Vielleicht kommst du heute mit? Kannst die deine mitbringen, die Blanka.«

»Ich weiß nicht recht.« Seine Jacht schaukelte doch schon längst zum Auslaufen bereit in der Bucht, er lag mit

Matyáš auf dem grünen Deck, der Kater schlief in der Sonnenglut, das Wasser stank, auf dem nahen Ufer tobte Twist, mit dem Fernrohr beobachtete er die tanzenden Paare, der Saxophonist in weißer Hose, Matrosen, Mädchen in fast durchsichtigen Kleidern; sie knickten rhythmisch in den Knien ein; die im kirschroten Rock gefiel ihm, braungebrannte Beine und der Kopf mit fast weißem Haar und der nahezu ganz entblößte Rücken. Möchten Sie tanzen?

Sie zuckte die Achseln.

Wahrscheinlich versteht sie mich nicht, aber das –, er winkte ihr, und sie machte sich zu ihm auf, über die steinernen Stufen und die Holzbrücke und über den schmalen Streifen Tiefe, der zwischen dem Ufer und seinem Boot klaffte, er verjagte Matyáš unter Deck, schaltete den Motor ein, setzte sich ans Steuer. Sie saß neben ihm, die über den Rand des Bootes hängenden Beine flogen dicht über den grünen Wellen dahin, über dem weißen Schaum, nackte, braungebrannte Beine.

Sitz nicht so da! Und als sie sich nicht regte, machte er das Steuer fest, glatte, nackte, braungebrannte Schultern, er drehte sie zu sich um. Sie bewegte die Lippen, ein leiser Strom zärtlich klingender Worte, sie wollte wohl wissen, wohin sie fuhren, oder, oder aber ... Er konnte ihr sowieso nicht antworten, und so sagte er statt dessen: Mädchen, du bist richtig, du gefällst mir, du bist wie – wie ... Er beugte sich über sie, und sie öffnete den Mund, nur ganz wenig, nur zu einem schmalen Spalt, dennoch erblickte er reines Weiß, mit den Händen umschloß er noch immer ihre Schultern, und ihm schien, daß sie plötzlich zurückwichen und langsam zurücksanken, und er sank mit ihnen, und dann stürzte er und hätte beinahe aufgeschrien, obwohl es ein leichter, unerträglich leichter, schwindelerregender

Sturz war, er hielt mitten in der Bewegung inne, die linke Hand hatte bereits den Stift eingesetzt, aber die rechte ließ die Rädchen fallen, die Hängebahn stand still, zehn Minuten vor acht, Marie zog noch die letzte Schraube an, dann legte sie den Schraubenzieher weg, dehnte sich ein wenig und setzte sich auf eine umgekippte Kiste. »Ich bin heute so...«, sagte sie.

Er wischte sich die Hände an der Hose ab, trat ein paar Schritte nach hinten, dort hatte er einen kleinen, dreibeinigen Schemel vorbereitet, er zog eine Scheibe Brot aus der Tasche, Hunger hatte er zwar nicht, aber er wußte nie, was er in dieser ersten Pause machen sollte. Die andern setzten sich zusammen und erzählten, er hatte für Gerede nie viel übrig gehabt und konnte sich außerdem auch nicht daran gewöhnen, daß er kein Lehrling mehr war, daß er dieselben Rechte hatte wie sie, und daß sie sich sogar an ihn wandten und auch zu ihm sprachen. Er saß auf dem Schemel, lang, mager, schaute ihnen zu und kaute langsam.

Dann stand er auf, er mußte um die ganze Hängebahn herum, durch den engen Betongang zwischen den Maschinen, auf den Rechtecken der Fenster haftete eine Schicht Staub, aber man konnte durch sie hinausschauen auf den schmalen Hof, einige Dutzend Motorräder standen dort und eine alte Kastanie, die gerade blühte, und über dem Hof, über der dunklen, rußigen Mauer, über dem schwarzen Dach ragte ein riesiger Schlot auf, und darüber der Himmel, ein Himmel, so schmal wie der Hof, immer noch blank und blau.

Das wird eine ordentliche Hitze, es blieben ihm noch zwei Minuten, zwischen diesem und dem benachbarten Fenster stand auf einem eisernen Untersatz ein Aquarium, davor Eva mit einer weißen Tüte zwischen den langen Fingern; die gelbe Haartönung glänzte in der Sonne wie Metall.

»Na«, sagte er zu ihr hinschlendernd, »was machen deine Walfische?« Und er beobachtete, wie die durchsichtigen Fischleiber zur Oberfläche schossen und wie die Mäulchen schnappten.

»Sei froh, daß wir die hier haben.« Sie hatte eine Stimme wie Teichwasser, sie hatte erst vor ein paar Wochen geheiratet, bestimmt hatte sie ihn mit dieser Stimme eingefangen oder mit der Tönung, falls sie sich so in die Sonne gestellt hatte.

Zusammen kehrten sie durch den Betongang zwischen den Maschinen zurück, schade, wenn sie nicht geheiratet hätte ... Er stellte sich an seinen Platz, nahm in die rechte Hand ein großes Rädchen und drei kleine gezähnte, den Stift hielt er bereits parat. Dann paßte er vier Schrauben ein, einhängen, nahm in die rechte Hand ein gezähntes Rädchen und drei kleine, in die linke zwei Stifte; der Lautsprecher an der gegenüberliegenden Wand krächzte ein bißchen, dann verlautbarte er.

»Wenn sie wenigstens mit dem Gequassel aufhören wollten«, sagte Ladik, »und schon spielen würden.«

Marie hielt kurz den Schraubenzieher an. »Also, das wäre was für mich, Platten auflegen.«

Die Stimme verstummte, sie spielten eine Polka, weil sie gerade obenauf lag.

Also, das wäre ideal, dachte er, dort im Büro sitzen und Platten abspielen, na, ideal, eine anständige Platte darf man sowieso nicht auflegen, sonst hören die Leute zu und arbeiten nicht mehr.

»Da hättest du was davon«, sagte er zu Marie; wahrscheinlich dachte sie schon wieder an den Ihren, sie konnte nur an den Ihren denken, da war er besser dran, er konnte sich jederzeit in den Sattel schwingen, auch wenn diese verdammte Musik ... Früher hatte er Musik gemocht, hatte auch gesungen, aber jetzt, wo sie ewig aus dem Lautsprecher –, er haßte sie, haßte jede Musik. Gut, daß er wenigstens weghören konnte. Los, sitz auf, sitz auf, schrie ihn die vertraute Stimme des Arztes an, worauf wartest du, die Frau ringt mit dem Tode, da hilft nichts mehr außer dem da, und er schob ihm ein Päckchen in die Satteltasche. Er schwang sich also in den Sattel und galoppierte längs der Bananenplantage über eine staubige Straße, eine unnachgiebige, regungslose Sonne glühte ihm entgegen, dann führte der Weg zu einer fremdartigen Kaktusebene empor: hohe pralle Schäfte mit fetten Blättern warfen vereinzelt Schatten, und darüber flatterten leichte Kolibris, und große Schmetterlinge segelten über rotblonde Blüten hinweg, die Schmetterlinge gefielen ihm, wie sie so dahinschwebten und so klarfarbig waren wie die Neonlichter, er vergaß ihretwegen die unsägliche Gluthitze, er legte den Kopf auf den Hals des Pferdes, kniff die Augen zusammen und sah nur noch tanzende, regenbogenfarbene Flecken, und er war sehr glücklich, daß er auf seinem Pferd durch diese ausgedörrte Landschaft flog und so viele Regenbogenfarben sehen konnte. Dann hörte er den Klang naher Trommeln, wahrscheinlich war da eine Beschwörung im Gange, eine Beschwörung gegen Schlangenbisse, was blieb ihnen denn anderes übrig, da er das einzige Gegenmittel in der Satteltasche mit sich führte.

In der niedrigen Hütte aus Schilfrohr lag sie auf einer weißen Matte, sie hatte einen tiefdunklen Teint, und ihre Augen nahmen nichts mehr wahr.

Er holte die Spritze heraus, und als er die Nadel in den tiefdunklen Arm stach und sah, wie die Flüssigkeit langsam aus dem Glaskolben verschwand, hielten die Leute rings um ihn den Atem an.

Bis zum Abend geht es ihr besser, teilte er dem alten Mann mit. Sie traten vor die Hütte, und der Mann fragte: Wie soll ich Ihnen das lohnen?

Er antwortete ihm: Ich erfülle nur meine Pflicht. Und er wollte tatsächlich nichts, er war sehr froh, daß er das tun konnte, was er getan hatte, daß er über die ausgedörrte Ebene reiten und der Frau helfen konnte, wenn Sie mir die geben könnten, dachte er, aber er sagte nichts, und der Mann begriff nicht, warum er das Geld ablehnte, das er ihm anbot, er begriff nicht, daß er froh war, nur das wollen zu können, was er wirklich wollte.

»Eigentlich weiß ich gar nicht, ob wir fahren«, ließ sich Ladik vernehmen.

»Wieso?«

»Ist doch fad... Und noch dazu die Versammlung«, setzte er verärgert hinzu. »Da soll der Mensch noch zu etwas Lust haben?«

»Ich habe auch keine«, sagte er fast erleichtert.

»Gut.« In die rechte Hand nahm er jetzt ein großes gezähntes und drei kleine Rädchen, in die linke zwei Stifte, einsetzen, ausprobieren, dann nahm er vier Schrauben und schob sie in die Öffnungen.

Oder gebt mir einen Schmetterling, forderte er, einen blauen Schmetterling, aber das Pferd war schon müde, es lahmte – der Schmetterling flappte durch die Luft wie ein Stück Kreppapier, das sich von einer Dorfgirlande losgerissen hatte: Mein Gott, schon neun, noch vierzig Minuten, dann ist große Halbzeitpause, ich nehme heute einen Rollmops und das schwarze Dreckzeug, unser einheimisches Cola, und er nahm in die rechte Hand ein großes gezähntes Rädchen und drei kleine und in die linke zwei Stifte und schaute dabei auf die weiße Wand ihm gegenüber, kniff ein wenig die Augen zusammen und gab dem Pferd die Sporen.

Er sprang bei einem ganz gewöhnlichen Moldaufelsen ab, Blanka zwei Schritte hinter ihm, beide schleppten sich mit Rucksäcken ab. Gib her, sagte er zu ihr, ich helfe dir, als sie den schmalen Felspfad hinaufzusteigen begannen. Aber sie fuhr ihn nur an: Laß das.

Hab dich bloß nicht so, aber Bedauern stieg in ihm hoch. Er konnte freilich froh sein, daß sie ihn begleitete und jetzt mit ihm diesen Pfad emporkletterte, der in tiefe Waldeinsamkeit führte, aber Bedauern stieg in ihm hoch, weil er ahnte, daß sie schon wieder überlegte, wie sie sich ihm entziehen, sich in ihr Zelt einsperren und schweigen und verständnislos dreinschauen konnte, während er wütend war, weil er sie gern hatte.

Er hatte sie ganz bestimmt gern, er hätte es ihr ohne weiteres sagen können, wenn er gewollt hätte, aber dergleichen hatte er noch nie –, er ließ sie vorgehen und sah jetzt nur noch die braunen Beine und den großen Rucksack und darüber das fast weiße Haar.

Mädchen, du bist richtig, dachte er, streckte die Arme aus und sagte: Gib her, ich helfe dir.

Sie wandte nichts ein, aber sie sagte auch nichts mehr; so stiegen sie bis hinauf, der Pfad wand sich durch einen schütteren Birkenwald.

Hör mal, sagte sie, warum machst du nicht etwas – etwas –, aber sie fand keinen Ausdruck dafür, doch sie wollte anscheinend sagen: etwas Anständiges, etwas Schickes, wo man sich die Hände nicht dreckig macht, etwas...

Was willst du denn, ereiferte er sich, hast du die Motorräder gesehen, unterwegs?

Na und, machst du sie vielleicht? Du, lachte sie, du

kannst nur ein paar Getrieberädchen zusammenmontie-
ren, ansonsten bist du total unbrauchbar und überflüssig.

Wie jeder, gab er wütend zurück, aber du mit deinem
eingesprayten Schädel, du blickst da natürlich voll durch.

Sie wollte etwas einwenden, aber er fuhr sie an: Hör endlich auf mit dem Quatsch, das hat mir gerade noch gefehlt!

Aber Bohouš, sagte sie.

Von wegen Rädchen, schrie er sie an. Ich brauche keine
Freundin, die auch noch darüber quasselt!

Aber Bohouš, wiederholte sie.

Das habe ich einfach nicht nötig, brüllte er. Mit dir über
unsere Rädchen quasseln!

Aber Bohouš! Ihre Stimme brach und jaulte wie eine
Sirene.

»Geht schon los mit der Hitze«, ließ sich Ladik vernehmen. Er wischte sich mit dem Ärmel die Stirn. »Man
möchte am liebsten alles hinschmeißen und schnurstracks
ins Wasser.«

»Hm.«

»Damals in der Schule«, sagte Ladik, »da waren wir eine
ganze Bande. Wir haben auf alles gepfiffen und waren den
ganzen Tag beim Baden.«

»Na ja.«

»Das ist schon…, Mensch, das ist auch schon fünf Jahre
her.« Er reichte ihm ein Werkstück und sah ihn ein wenig
mitleidig an, als wollte er sagen: Mach, daß du wegkommst
und lauf irgendwohin, immer geradeaus, und er spürte
plötzlich ein sonderbares Kribbeln in den Füßen, sie gingen, sie liefen schon, der Asphalt klebte ein bißchen, er
klebte ganz fürchterlich, er schluckte und kniff die Augen
zusammen, die ihn brannten, und nahm in die rechte Hand
ein großes gezähntes Rädchen und drei kleine, in die linke
zwei Stifte, einsetzen, ausprobieren, dann nahm er vier

Schrauben und schob sie in die Öffnungen. Das Pferd war völlig ermüdet, erschöpft lag es vor seinen Füßen; neun Uhr fünfunddreißig, prima, sagte er sich, gleich ist große Halbzeitpause, jetzt wird die Zeit nur so fliegen, ich nehme zwei Cola, mit Ladik wäre das bestimmt –, er freute sich schon auf den Nachmittag, soll er machen, was er will, wenn nur diese Versammlung –, und er nahm in die rechte Hand ein großes gezähntes Rädchen und drei kleine und schaute dabei auf die weiße Wand.

2

Draußen schlug ihnen grelles, sengendes Licht entgegen, da bekam er immer Sehnsucht nach fernen Gegenden, im Park vor dem Werk sah er Libuše, sie wartete noch immer auf Ladik, seit zwei Stunden, während sie in der Versammlung gehockt waren, so was nennt man Treue, auf ihn wartete niemand. Bestimmt würden sie ihn überreden, zum Baden mitzukommen, aber er hatte keine Lust, sich ihnen –, er wandte sich lieber auf die andere Seite.

»Bohouš...«

»Ich habe das Motorrad nicht da«, rief er.

»Dann fahre ich dich heim. Die Libuše wartet hier einstweilen.«

»Ach, heute nicht.« Er schlenderte langsam durch die heiße Straße, und kein bekanntes Gesicht... An so einem Tag, was ließe sich an so einem Tag nicht alles machen; aber was?

Zu Hause schlief nur der Kater, Vater und Mutter hatten Nachmittagsschicht, in der Wohnung hing regungslos Hitze, er öffnete ein Fenster. »Hast du was zu Mittag gegessen, Matyáš?«

In der Speisekammer fand er Knödel, in Sauce aufgeweicht, er stopfte sich einen in den Mund, warf dem Kater ein Stück hin, der Kater zuckte nicht einmal, ihm war heiß; so eine Hitze, so eine schändliche, öde Leere – an so einem Tag; er flüchtete sich zum Schrank, aus einem fürchterlichen Durcheinander von Zeug kramte er das LOGBUCH hervor, was wollte er überhaupt damit, was sollte das jetzt für einen Sinn haben, und an so einem Tag, auch wenn er sich schon dem Ende zuneigte, wenn man bloß nicht so ganz, so total ... Aber was? Eigentlich blieb nur noch sie, er schluckte, sie war dieser Tag, sein Abschluß, seine herausragende Hoffnung, die Telefonzelle unterm Fenster war leer.

Ich werde sie doch nicht anflehen, die hat bestimmt wieder eine Ausrede auf Lager, aber was soll ich sonst tun, bevor dieser Tag verlischt, bevor er ohne Erquickung verdorrt.

In der Telefonzelle war er sofort in Schweiß gebadet.

»Hallo«, meldete sich eine Stimme.

»Ich bin's. Was machst du heute abend?«

»Na ja«, sagte die Stimme, »immer dasselbe. Büffeln.«

»Was?«

»Alles.«

Er schwieg. Man konnte in der Telefonzelle kaum atmen. Er hätte lieber zum Fluß fahren sollen.

»Und du?« fragte die Stimme.

»Nichts.«

»Dir geht's gut.«

Er wischte sich die Stirn. »Du kannst doch nicht dauernd in die Bücher starren.«

»Ich weiß nicht.«

»Bis zum Abend, das reicht doch, oder?«

»Ich weiß nicht«, wiederholte sie.

»Also, ich warte. Dort bei euch vor dem Kino. Wann?«

»Ich weiß nicht.«

»Dann um sieben«, entschied er. »Kommst du?«

»Vielleicht...«

»Also, bis dann.«

»Tschau.«

Er ging nach Hause zurück, nahm jetzt das Logbuch vor und schrieb:

›20. Mai. 158° 13′ 27″ westl. Länge, 30° 05′ 16″ südl. Breite, ruhige See, heißer, windstiller Tag. Wie bisher, ziemlich langweilig. Matyáš schläft immerzu. Halten Kurs auf Freundschaftsinseln. Backbord vier Haifische. Ich freue mich schon auf den Abend.‹

Dann trug er nach: ›Trinkwasser reicht nur noch für einige Tage, aber wir lassen die Hoffnung nicht sinken.‹ Er merkte, daß er Durst hatte, räumte das Logbuch weg, das Bier in der Speisekammer war wie Kaffee. Dann holte er das zerlegte Radio hervor und starrte lange, regungslos das Drahtgewirr an, neuerdings machte ihm gar nichts mehr Spaß: weder Lesen noch Basteln, auch zum Baden fahren machte ihm keinen besonderen Spaß – alles kam ihm eintönig vor, alles war rasch vorbei, es gab nichts, worauf er sich besonders gefreut hätte. Nur auf sie ein bißchen, sie gefiel ihm, auch wenn er im Grunde nicht wußte, woran er mit ihr war – oder vielleicht eben deshalb, weil er es nicht wußte.

Er ließ das Radio bleiben, das hatte Zeit, aber wenn er weiter so herumtrödelte –, er konnte sich nicht erklären, warum er neuerdings so angeödet war, er dachte eigentlich nicht besonders viel daran, er spürte es nur – wie eine Müdigkeit: in den Füßen und im Kopf und in den Händen und vor den Augen.

Manche Leute wurden mit allem fertig: ob sie im Lotto gewonnen hatten oder nicht, daß sie am Morgen eine Minute verloren hatten, daß sie mit dem Meister Streit hatten, er konnte sie einfach nicht verstehen, auch wenn sie vielleicht besser dran waren. Er schlenderte die Straße entlang: stumm heimwärts ziehende Kleinfamilien, aus den Fenstern roch es nach Abendessen, er versuchte, an Blanka zu denken, worüber er mit ihr sprechen sollte, aber nichts fiel ihm ein, überhaupt nichts, es war nichts geschehen, nicht gestern und nicht heute, außer daß er vier Minuten zu spät gekommen war, aber darüber konnte er ihr doch nicht...

Er kam fünf Minuten zu früh an; er stellte sich an die Ecke und lehnte sich an ein rotgelbes Geländer, zwei Häuser weiter vergammelte das niedrige Vorstadtkino; die rote Neonreklame verblich im Schein der untergehenden Sonne, niemand war auf der Straße, es war weder vor noch nach einer Vorstellung, hinter einem Fenster gegenüber lief eine Frau im Unterkleid herum, aber sie war nicht mehr jung, an der Ecke die große grüne Uhr – jemand hatte mit einem Stein das Glas zerschlagen und den großen Zeiger abgebrochen, der kleine stand zwischen elf und zwölf; er bekam Lust, auch den kleinen zu demolieren, er blickte um sich, aber nirgends war ein loser Stein zu sehen, und erst einen suchen –, es ist sowieso schon sieben, wenn sie wieder nicht kommt, dann kann sie mich, aber es ist erst eine Minute nach sieben, jetzt bekam er sogar Sehnsucht nach ihr, wenn sie wenigstens ordentlich miteinander gingen, dann könnten sie im Sommer alle gemeinsam, Ladik, Libuše und sie beide –, irgendwo im Zelt, das könnten zwei phantastische Wochen werden. Sieben Uhr zehn, das Warten strengte ihn an, wenn sie kommt, falls sie kam, würde er ihr die Meinung sagen, aber was dann? Auf Kino hatte er keine Lust; wenn sie nicht so eigensinnig wäre, von hier war es nicht weit aus der Stadt, nur ein paar Gassen, und schon begann bebuschtes Gelände, dort konnte man liegen und alles, er kannte das, als er noch in der achten Klasse gewesen war, hatte die Bande abends manchmal Taschenlampenexpeditionen unternommen, die Männer hatten getobt, einer hatte ihm dabei einen Zahn ausgeschlagen, sieben Uhr fünfzehn, er spuckte aus, ging um die kaputte Uhr herum und schlenderte zwischen den scheußlichen Mietskasernen dahin.

Auf einer schmutzigen Tafel Klingelknöpfe.

»Hallo?« fragte die rostige Membrane.

»Ich bin's. Was ist mir dir?«

»Du bist es, Bohouš?«

»Klar«, sagte er. »Du hast mir versprochen…«

»Vielleicht«, verbesserte ihn das Blech, »ich habe doch gesagt, ich weiß nicht genau…«

»Also gut.«

»Ich habe dir doch gesagt, ich muß schuften. Du weißt ja nicht, wie gut du's hast.«

»Na ja«, sagte er, »das schon.«

»Du könntest auf einen Moment raufkommen«, sagte das Blech, »aber ich weiß nicht, was meine Leute…«

»Also, dann mach's gut, ich warte nicht mehr.«

»Tschau.«

»Auch morgen nicht«, ergänzte er.

»Tschau.«

»Überhaupt nicht mehr«, fügte er hinzu. Aber das rostige Blech war schon verstummt.

Bis zur Nacht war es noch lang hin, ich gehe doch jetzt nicht schlafen, zu der andern wollte er auch nicht, jedenfalls heute nicht, manchmal zog es ihn zu ihr, aber heute nicht, den ganzen Tag hatte er nicht an sie gedacht, gar nicht an sie denken wollen, also warum jetzt, am Abend.

Ich hätte meine Mühle nehmen und mit Ladik zum Baden fahren sollen, er schlenderte zur Straßenbahn, am Fluß ist immer was los, und Mädchen sind dort, und schlimmstenfalls nichts, Sonne und Sand, Sonne und Sand, eine Gitarre, bunte Badeanzüge, er gelangte auf die Hauptstraße, aus einem Schaufenster lächelten wächserne Puppen, er starrte sie eine Weile an, ach was, er stieg in die Straßenbahn, mein Gott, aber wenn –, der Wagen war leer, nur ein altes Weib mit einem Hund, so spät und mit einem Hund, das Weib, wenn doch – wenn doch –, sie ist ja nicht so übel, aber wenn ich sie nun mal –, ich sollte aussteigen; die Geleise schepperten müde, er fiel in einen dunklen Sack, er hätte lieber mit Ladik zum Fluß fahren sollen, Ladik ist –, Spaß am laufenden Band, wie gestern, wie er dem Meister gesagt hat –, wie er das dem Meister gesagt hat, er lachte leise, im Sommer könnten wir unsere Sachen zusammenpacken und gemeinsam irgendwohin abhauen, hoffentlich will er nicht mit Libuše, dann müßte ich.

Er stieg aus der Straßenbahn, Licht fiel aus einem schmutzigen Imbißraum – MORGENSTERN, wer sich das ausgedacht hatte, mußte ein komplettes Rindvieh gewesen sein, Morgenstern, er ging hinein, drei Männer tranken Bier, hinter der Theke stand niemand, er stützte sich aufs Pult und wartete.

Endlich kam sie heraus. In einem äußerst schmuddeligen Kittel, klein und mager, die Wangen grau von dem langen Tag, der Lippenstift war fast gar nicht mehr vorhanden, sie erblickte ihn und lächelte müde, in ihrem Mund blitzten zwei Goldzähne auf. »Du bist da, Bohouš?«

»Klar.«

»Du kommst zu mir?«

59

Er stützte sich auf die Theke, den Blick starr auf ihr Gesicht gerichtet, aber er sagte nichts, sie konnte ihm nichts anmerken.

»Ich bin heute furchtbar müde«, sagte sie.

»Na ja, es ist ja schon Abend.«

Sie schaute auf die Uhr. »Noch zwanzig Minuten, und dann den Laden dichtmachen.«

»Ich warte auf dich.«

»Ich weiß nicht ... Ich bin furchtbar ... Es ist furchtbar nett, daß du gekommen bist, aber ich bin heute ganz erledigt.«

»Das gibt sich an der Luft.«

»Kaum. Heute nicht mehr. Möchtest du etwas?«

»Gib mir ein Bier.«

Sie zapfte Bier ab, er schaute auf ihren Busen unter dem schmutzigen weißen Kittel; sie war älter als er, nicht viel, vielleicht nur fünf Jahre, er hatte sie nie gefragt, vielleicht auch weniger, in diesem Beruf wurden die Mädchen rasch unansehnlich, und sie war nicht einmal so häßlich, bis auf die Goldzähne und die Nase. Nur hatte er ›sie‹ sich nicht so vorgestellt, nie hatte er sie sich so vorgestellt.

»Essen möchtest du nichts? Ich habe sowieso nichts mehr.«

Unter Glas trockneten die letzten belegten Brötchen. Sie legte ihm zwei auf einen Teller.

»Das macht die Hitze«, sagte sie, glättete sich ein bißchen das Haar und sah ihn an.

Er nahm das Bier und die belegten Brötchen und ging zu einem Tisch. Der letzte der drei Männer trank sein Bier aus, sie standen auf. Die beiden blieben allein zurück.

»Bohouš.« Sie kam zu ihm. »Du sollst wirklich nicht warten. Es ist nett von dir, aber ich bin heute furchtbar müde.«

»Das ist egal, ich warte.«

»Wie du willst … Reichst du mir die Gläser?«

Er stand auf, sammelte die Gläser der drei Männer ein und brachte sie ihr. Sie hielt sie unter den Wasserstrahl, dann stellte sie sie in die Reihe zu den anderen. »Jetzt wird wohl niemand mehr kommen«, sagte sie. »Es steht niemandem mehr dafür.« Sie zapfte sich ein Bier ab, kam und setzte sich neben ihn. »Na, was hast du heute gemacht?«

»Was denn wohl«, knurrte er. »Ich sollte zum Baden mitkommen, aber es hat nicht geklappt.«

»Mich hat schon wieder wer beklaut«, sagte sie langsam. »Ich weiß nicht, wie das passieren kann.«

Sie sah ihn mit starrem, ermattetem Blick an, auch ihre Hand lang ermattet auf der Tischplatte: klein, durch die grobe Haut schimmerten die Adern; der Lack war im Laufe des Tages von den Nägeln abgesprungen; er legte seine Hand auf die ihre. Sie zuckte nicht einmal, ihre blauen Augen starrten weiterhin unbeweglich auf sein Gesicht oder dahinter, irgendwohin dahinter. Dann hob sie das Glas und trank ihr Bier aus. »Ich weiß nicht, wie das passieren kann«, wiederholte sie. »Wahrscheinlich habe ich mich verzählt, wie ich diesem Straßenbahner herausgegeben habe.«

»Welchem?« fragte er und zog zwei Zehnkronenscheine aus der Geldbörse.

»Laß das«, sagte sie. »Laß das sein.«

Sie ließ die Banknoten auf dem Tisch liegen. »Heute war einer da«, begann sie zu erzählen, »so ein Hinkender, ich sehe ihn hier manchmal, er hat sich besoffen und dauernd was gequasselt, daß er falsch verurteilt worden ist. Angeblich hat er gesessen«, sagte sie langsam, »und voriges Jahr ist er zurückgekommen, vor Weihnachten. Aber warum denkt er dauernd daran, es hat doch keinen Sinn, dauernd an so was zu denken.« Sie nahm beide Gläser und stellte sie auf die Theke, dann ging sie zur Tür und zog das Gitter herunter. Sie ließ ihn durch die Hintertür hinaus.

»Also, was?« fragte er.

»Nichts.«

Am Ende der dunklen Straße stand ihr Haus, wenn sie bloß nicht so müde gewesen wäre, wenigstens ein Stückchen weiter, wenigstens tanzen, wenn sie nicht so müde gewesen wäre.

»Riechst du's?« fragte er.

Es duftete hier nach etwas, aber er konnte nicht erkennen, wonach.

Sie sperrte die Haustür auf. »Du mußt morgen früh auch bald...«

»Ich weiß.«

Er folgte ihr an einer langen Reihe von Türen vorbei, sie hatte eine Einzimmerwohnung, im winzigen Vorzimmer tropfte leise Wasser. »Ich muß dir das reparieren«, sagte er.

»Das versprichst du mir schon – seit du zum erstenmal hier warst...«

Sie bettete die Couch auf; außer der Couch gab es hier nur noch einen Schrank, einen Tisch und Stühle. Und zwei Bilder an der Wand: irgendwelche Felsen über einem Fluß und einen Birkenhain. Er setzte sich und wartete.

»Willst du dich nicht einstweilen waschen?«

»Gut.« Er ging ins Vorzimmer, auf dem Bord über dem Waschbecken lagen Haarklammern, ein Fläschchen mit Eishampoo, ein Lippenstift, einige halbausgedrückte Tuben. Er drehte den Wasserhahn auf, dann erst zog er das Hemd aus.

»Einmal habe ich einen gekannt«, ließ sie sich vernehmen. »Macht es dir nichts aus, wenn ich von andern erzähle?«

»Nein«, sagte er ins Rauschen des Wassers.

»Hat ja doch keinen Sinn.« Er hörte, wie sie mit der flachen Hand aufs Kissen schlug. »Ich bin heute ganz erledigt. Sollte ich nicht Kaffee machen?«

»Setz Wasser auf.«

Er war schon längst gewaschen, aber er blieb noch und planschte im kalten Wasser.

»Der hat Unmengen von Kaffee getrunken«, erzählte sie, »der Mann. An einem Abend vier Tassen. Ganz große, und in jede mußte ich drei Löffel Kaffee hineintun. Er hat ihn immer mitgebracht. Er war Arzt, der einzige in seinem Bezirk, er mußte auch in der Nacht raus. Und er hat gesagt, da hat er sich das angewöhnt. Und er konnte nicht schlafen«, sagte sie. »Manchmal ist er die ganze Nacht nicht eingeschlafen.«

Er trocknete sich mit dem weichen, duftenden Handtuch ab. »Das hast du mir schon erzählt.«

»Von dem Mann?«

»Wie er zu der Frau gefahren ist, die im Sterben lag.«

»Siehst du«, sagte sie, »das hatte ich völlig vergessen.«

»Was macht er jetzt?«

»Der? Ich weiß nicht. Er hat sich lange nicht mehr blicken lassen. Manche verschwinden auf einmal. Lassen nicht mal was von sich hören ... Als hätte man sich vorher nie ... Du wirst es nicht so machen, was?«

»Klar«, brummte er.

»Kann sein, der Kaffee hat ihn fertiggemacht«, sagte sie rasch. »Deshalb hat er nichts von sich hören lassen.«

Sie saßen einander gegenüber, er nur noch in Shorts, sie tranken Kaffee. »Komm schlafen«, sagte er, »wenn du so müde bist.«

»Ja.«

Er wußte, daß sie sich jetzt lange waschen würde, er

haßte dieses Warten, während sie sich wusch, die Zeit, die er allein im Zimmer zubringen mußte. Es war kein häßliches Zimmer, nur kahl und fremd, es gab hier nichts Ungewöhnliches zu entdecken, nichts Interessantes, nicht einmal einen Flecken an der Wand, kein altes Radio, kein Aquarium mit einem einzigen blauen Fischlein.

»Warum sagst du nichts?« rief sie.

»Ich habe keine Lust.« Jetzt spürte auch er die drückende Müdigkeit, wie immer in diesem Moment, wenn er hier in den fremden Kissen lag, wenn er wußte, daß er etwas sagen sollte: wie er sie liebte und warum er gekommen war, oder überhaupt etwas von dem, was ist und was sein wird, oder zumindest an sie denken und sich auf sie freuen, er verspürte solche Müdigkeit, daß er die Augen schließen mußte, und da begann er in einen dunklen Sack zu stürzen, grobe Wände, gleichförmiges Gewebe, es umwickelte ihn, beengte ihn, kein einziger Lichtstrahl drang zu ihm durch, kein Gedanke, kein einziges Bild. Er lag regungslos, mit zusammengepreßten Lippen, bis er plötzlich bemerkte, daß die grobgewebte Wand, dieser dunkle, undurchlässige Stoff sich weiterschob, langsam – Sekunde um Sekunde – sich kaum merklich weiterschob, ein endloses, graues Band.

Ein paar leise Schritte, das Klicken des Lichtschalters, er spürte ihren Körper neben sich. »Bübchen«, sagte sie, »mein Kleiner. Du bist schon eingeschlafen?«

Er öffnete die Augen, über die Decke huschte ein Lichtschein; dann war ihr Gesicht über ihm: zwei große glänzende...

»Jetzt bin ich froh, daß du hier bist«, flüsterte sie. »Ich bin immer froh, daß du bei mir bist.«

Sie wartete, ob er auch etwas sagen würde, aber sie wußte, er würde wahrscheinlich nichts sagen, weil er nie etwas sagte, manchmal tat es ihr leid. »Du mein Käfer«, flüsterte sie, »du mein häßlicher Käfer.« Dann berührte sie mit den Lippen sein Kinn, sie schwieg jetzt, dann seinen Hals, sie atmete nur noch laut und rasch, dann seine Wange, sie schob ihre Lippen bis zu seinen Lippen, umschlang ihn mit den Armen; wegen dieses Augenblicks, wegen dieses Augenblicks kam er immer wieder hierher, er wußte es, sie wußte es, der weiche Druck ihres Körpers, er stürzte, spürte, wie er langsam emporschwebte, ein unerträglich leichter, schwindelerregender Sturz, jetzt war er wohl wirklich, war in diesem Augenblick vollkommen und ungetrübt glücklich, denn nichts konnte es geben über diesen Augenblick hinaus und neben ihm, und nichts lockte ihn von hier fort, alles mündete hier in diesen einzigen Augenblick, auch wenn er so kurz war, auch wenn hinterher wieder nur gewöhnliche Nacht war.

»Du mein Kleiner«, flüsterte sie dann. Sie wartete, er atmete nur erschöpft, sie fragte ihn: »Gefällt es dir bei mir?«

»Mhm«, machte er. Er versuchte, den Augenblick noch festzuhalten, aber er wußte nicht, wie, und spürte, daß er ihm jetzt, gerade jetzt zu entgleiten und er in die Nacht zu versinken begann. Die Frau neben ihm bewegte sich, flüsterte etwas, stand dann auf, trappelte ins Vorzimmer. Das Wasser plätscherte laut im Waschbecken. Sie kehrte mit einer schmutziggrauen Waschschüssel zurück, über die nackte Schulter ein Handtuch geworfen. Sie stellte die Waschschüssel auf einen Stuhl. »Willst du dich nicht waschen?«

Und er mußte also aufstehen und sich waschen, sie lag inzwischen hinter seinem Rücken.

»Ich weiß gar nicht, ob ich jetzt noch schlafen möchte«, flüsterte sie, »soll ich nicht das Radio andrehen?«

Dann lagen sie nebeneinander, aus dem Radio fiel weißes rautenförmiges Licht auf die Wand.

»Hast du keinen Hunger?« fragte sie.

»Nein.«

»Meistens…« Sie stockte. »Du mein Kleiner«, flüsterte sie, »liebst du mich ein bißchen?«

Er schwieg, eine widerlich süße Melodie schwebte im Raum, gut, daß er wenigstens weghören konnte, die reglose weiße Lichtraute, die kalte Fremdheit dieses Zimmers, dieser Nacht, der Musik und der Worte, dieser Liebe; er kniff die Augen zusammen und versuchte, sein Pferd herbeizurufen, er schnalzte leise mit der Zunge, aber er hörte keine Antwort, es schlief irgendwo, sein Pferd, von diesem langen Tag zermürbt, oder vielleicht starrte es erschöpft in die Nacht voller Sterne, und die warmen Nüstern bebten dabei. Die Welt stürzte in einen dunklen Sack, steile Wände, gleichförmiges Gewebe, er lag regungslos und mit zusammengepreßten Lippen: etwas, etwas müßte kommen, ein Schimmel an der Straßenecke, der Morgenstern, etwas…

»Bohouš!« Sie schüttelte ihn. »Bohouš, du mußt gehen!«

Er sprang auf, vor dem Bett stand noch die schmutziggraue Waschschüssel, durchs Fenster schien eine tiefstehende, kalte Sonne…

»Im Schrank ist Brot. Und solche Schnitten«, sagte sie verschlafen. »Mandelschnitten.«

»Ich habe keine Zeit mehr«, sagte er wütend. Aber er öffnete den Schrank und schnitt rasch Brot ab.

»Kommst du am Abend wieder?« fragte sie, als er schon angezogen war.

»Ich weiß nicht… Vielleicht fahre ich mit Ladik weg.«

»Komm«, sagte sie. »Ich weiß, du kommst sowieso.«

Die Straßenbahnen waren zum Ersticken voll, er hatte

weiche Knie, so unausgeschlafen war er, nicht einmal zum Waschen hatte es gereicht...

Die Stechuhr, der freudlose Wächter deiner Tage, sechs Uhr zehn, das wird wieder ein Gerede geben, er lief an der Wache vorbei und über den Hof voll wirbelnder Flugasche, die erste Halle, vorbei an ratternden Pressen, dann sah er schon die ewig unveränderliche Reihe, wie an jedem Tag eines jeden Monats, wie an jedem sommerlichen und jedem regnerischen, an jedem traurigen und jedem verschneiten Tag und an seinem eigenen Todestag, wenn er noch herkommen und nachsehen könnte. Am Anfang eine Glatze, am Ende eine Haartönung, gelb wie ein Entenküken, neben Ladik ein leerer Platz, dort gehöre ich hin: mit der rechten Hand ein großes gezähntes und drei kleine Rädchen, mit der linken zwei Stifte, ansetzen, ausprobieren, dann vier Schrauben nehmen, in die Öffnungen schieben, einhängen.

Der Blick des Meisters ruhte auf der Uhr, sechs Uhr fünfzehn, ach Gott, erst sechs Uhr fünfzehn. Er nahm mit der rechten Hand ein großes gezähntes und drei kleine Rädchen, mit der linken zwei Stifte, ansetzen, dann nahm er vier Schrauben, schob sie in die Öffnungen, er schickte das erste Werkstück zu Marie, sie wandte sich zu ihm um und lächelte ein bißchen, der Meister verliert allmählich den Spaß an der Sache, endlich wird wieder Ruhe sein, die Hängebahn rückt leise vor, herunternehmen und einhängen, Maries Schraubenzieher surrt, er hörte das Trappeln der Hufe, er brauste eine blendend weiße Straße entlang, durch eine Kirschbaumallee mit feuchtem Laub, die Wiesen dampften.

Hinrichtung eines Pferdes

1

Ein klares, violettes Aufleuchten, sie blinzelt in diese Helligkeit, ein Gewitter, erkennt sie, ein Morgengewitter, die Fenster vibrieren sacht, beklemmende Angst steigt in ihr auf, ich sollte mich bei Mutter verstecken, fällt ihr unwillkürlich ein, aber das ist vorbei, das ist schon lange vorbei. Sie schließt fest die Augen, und plötzlich kehrt unverhofft jenes Gefühl zurück, aus den Zeiten, als sie noch Zuflucht gesucht hat: ein beruhigendes Gefühl, hervorgerufen vielleicht durch das Gewitter, oder weil sie den Träumen noch so nahe ist, oder weil die Zeiten, als sie noch Zuflucht gesucht hat, im Grunde gar nicht so weit zurückliegen.

Dieses Gefühl beherrscht sie so stark, daß sie sogar die Hand in die Leere neben sich ausstreckt und glaubt, eine andere Hand zu spüren und leisen Atem zu hören; was für ein Tag mag das wohl werden, der mit einem Gewitter anfängt?

Als sie zum zweitenmal erwacht, ist schon heller Morgen, sie spürt Wärme auf den Lidern, hinter der Wand ist ein Streit im Gange, der tägliche Streit.

Barfuß tappt sie über das Parkett, der Tag dringt in die Zehen, das Ausmaß dieses Tages – heute habe ich frei –, und dann abermals dieses beklemmende Gefühl: Jetzt weiß sie nicht mehr, worauf es zurückzuführen ist, wohin sich davor flüchten, aber warum sollte ich flüchten, ich werde nicht mehr an ihn denken, ich habe es ja selbst so gewollt, wir haben sowieso nicht zueinander gepaßt – auch wenn er das, was er getan hat, nicht getan hätte.

Aber trotzdem wird sie das Bedauern nicht los: Wie

konnte er so etwas tun – sie hintergehen, da sie ihn doch liebte und er ihr beteuerte, wie sehr auch er sie liebte. Ich brächte so etwas nie fertig.

Liebe, überlegt sie, *wahre Liebe läßt sich nicht teilen, sie ist vollkommen und beständig, auch wenn ich sie vielleicht nie kennenlernen werde, jedem ist es nicht beschieden, die wahre Liebe zu erleben*, und da befällt sie plötzlich Bangigkeit; draußen auf einem dürren Ast, der einer Eule gleicht, funkeln Tropfen. Du denkst, ich werde das nicht erleben, so etwas kann es heute nicht mehr geben, aber ich werde es erwarten, und dann, eines Morgens – beugt er sich über mich, der Vielgeliebte, und legt mir seine Hand hierher, bis hierher, und er wird ganz bei mir sein, und seine Wärme wird mich einhüllen.

Und sie sehnt sich, sie sehnt sich sehr, sie braucht an nichts zu denken, aber die Sehnsucht ist in ihr. Und dann, als sie angezogen ist, steigt sie leise die schmale Wendeltreppe hinauf, die erst unter dem Gebälk des Daches vor einer ganz niedrigen Tür endet. Hier ist ein Zimmer, wohin sie sich flüchten kann, es ist kein richtiges Zimmer, nur eine ehemalige Masarde, die Decke ist schräg und das Fenster klein und hoch: es beginnt erst in der Höhe des Halses, aber eigentlich ist es eher niedrig, denn in der Höhe der Stirn hört es schon wieder auf; und es ist nicht mehr da als Kram aus der Kindheit und eine blecherne Waschschüssel, in der man vom Gang Wasser hereinbringen kann, und ein Schrank, ein Bügelbrett mit versengtem Bezug und ein Schaukelstuhl und eine riesige Rolle einer blauen Leine, nicht mehr aus Hanf und erst recht nicht aus Papier, sondern aus Kunststoff, eine Leine, geeignet zum Verschnüren von Paketen und auseinanderklaffenden Koffern sowie zum Aufhängen von Wäsche und zum Sichaufhängen für Lebensmüde. Jetzt ist sie an einem Haken befestigt, und

ihr freies Ende schwankt kaum merklich: ein bißchen ge-
spenstisch in diesem Raum mit dem geschlossenen Fenster
und der geschlossenen Tür. Aber es beruhigt sie, im Schaukelstuhl zu sitzen und zu beobachten, wie die Welt, auf
eine hochhängende Ansichtskarte gemalt, auf und ab
schwankt.

Es ist früher Morgen, die Sonne scheint in die Augen,
und darüber ein Himmel mit zwei Wölkchen, die langsam
und zeitlos dahinziehen, ein See ohne Ufer mit halbversun-
kenen Kähnen, eine blaue Wüste mit einer Karawane weißer Elefanten, ich segle dahin auf einer Pilgerfahrt; in der
tiefen Stille hört sie die lautlose Arbeit des Sandes, das Rie-
seln der bläulichen Dünen, und langsam wie eine Fata Morgana taucht die Silhouette des ersten Turms auf und ein
kleiner Kamin, der steil aufragt, und ein riesiger Sockel für
eine riesige Statue – ohne Statue, eine einmalige Sehens-
würdigkeit –, und tiefer und tiefer die Dächer hinunter –
das ist meine Stadt – bis zum Fluß, und über dem Fluß
farbige Prismen aus Cellophan und Straßenbahnen –
schrundige Schwitzkästen –, Autos und das undeutliche
Gewimmel verschwimmender Punkte, das sind Menschen,
wenn ich hinunterstiege, wäre ich wie sie, und vielleicht
würde sich jemand freuen und sagen: Jetzt bleibst du da,
geh nicht zurück, aber nein, ich fühle mich hier wohl, auch
wenn ich mich unter euch wohlfühlen würde, so ist mir
doch hier am wohlsten, hier bin ich allein, wenn ich will,
und ich werde nicht allein sein, wenn ich nicht wollen
werde; und der Himmel so nah, und schließlich der Ast in
Gestalt einer Eule, und höher und höher bis zur Silhouette
des letzten Turms, und der kleine Kamin, der steil zum
Himmel aufragt, es ist erst Morgen, und die Sonne steigt,
der Tag hat so fahl begonnen, aber jetzt – ist er wie ein
Baum aus feuchtem Lehm, wie ein Feld, wie ein Dach, von

der Stadt weggewandt. Sie möchte etwas unternehmen, an so einem Tag muß ich etwas unternehmen; ich ziehe mir den weißen Faltenrock an, und ich könnte mit Marketa zum Baden gehen, oder einfach so, ich stelle mich an die Endstation, allein – warum nicht allein, bestimmt hält einer an, und ich fahre irgendwohin, und vielleicht ist er jung und sagt dann: Eigentlich will ich gar nirgends hin, ich hatte heute morgen nur so eine Ahnung. Und ich werde antworten: Nicht nur Sie, auch ich hatte eine Ahnung, aber wahrscheinlich wird das Gegenteil der Fall sein: irgendein total verdrossener Familienvater; aber darauf kommt es nicht an, ich steige irgendwo aus, aber Felsen sollen dort sein, ich werde hinaufklettern, und dann dort oben liegen, wie damals, als wir zusammen waren, aber jetzt lege ich mich allein, weit weg von allen Wegen, in den warmen Klee und werde warten; und sie schließt ganz leise hinter sich die Tür dieses Zimmers, vielmehr der Mansarde, in der hinter der geschlossenen Tür und dem geschlossenen Fenster nur noch das Ende der Leine sacht schwankt.

2

Auf dem Weg zur Straßenbahn, in weißem Faltenrock und grüner Bluse, gelangt sie auch zu der Bruchbude mit dem Schild VORSICHT, VERPUTZ BRÖCKELT AB und den beiden scheußlichen Engeln über dem Eingang, sie zögert kurz, dann geht sie an dem einarmigen Pförtner vorbei, das hätte ich eigentlich nicht tun sollen, womöglich treffe ich hier noch ihren Freund, von dem ich nichts wissen soll, aber sie macht gar kein großes Geheimnis mehr aus ihm, die arme Mama, aus ihrem dicken, kahlköpfigen Knilch. Sie klopft an die Tür, dann öffnet sie sie, wirres Schreibmaschinenge-

klapper schlägt ihr entgegen, auch blaßblaues Leuchtröh-
renlicht und Zigarettengestank, mit dem Geruch billigen
Kaffees vermischt, aber sie tritt nicht ein.

»Was willst du, Kateřina?«

»Ach, eigentlich nichts.«

Über den gelben Wangen Tränensäcke, ein sorgfältig ge-
schminkter Mund, sie ist überhaupt sorgfältig, und neuerdings schwarzgefärbtes Haar, sie will noch gefallen.

»Ich fahre hinaus, Mama.«

»Mit wem?«

»Allein, Mama.«

»Lüg nicht!«

»Wirklich, allein, keine Angst.«

Sie blickt sich um und tritt ein Stück von der Tür weg.

»Du lügst schon wieder, warum lügst auch du mich an?«

»Ich lüge nicht, wir haben Schluß gemacht.«

»Dann gib auf dich acht.«

»Warum glaubst du mir nicht?«

»Quäl mich nicht, Kateřina.«

Die Tür geht auf, eine Hexe mit Kaffeekanne läßt einen
Schwall blaßblauen Lichts und Schreibmaschinengeklap-
per heraus: *Sieh mal an Kateřina wie geht's – danke gut –
nett siehst du aus ein richtiges Fräulein wo hast du den Rock
gekauft du bist ja größer als die Mama ist es möglich tatsächlich – das macht mein Haar weil ich es hochtoupiere.*

»Du wirst doch nicht etwas anstellen?«

»Nichts, überhaupt nichts, Mama.«

Die Fältchen um die Augen hat sie mit Puder überdeckt,
wegen dieses Knilchs, aber was soll sie machen, wenn der
Vater fremdgeht? »Gar nichts, Mama. Es ist schön draußen.«

»Was ist nur mit dir, Kateřina, du bist so anders. Und
komm rechtzeitig heim.«

»Ja.«

Sie grüßt den Einarmigen, draußen ist es blendend hell – und sonderbar leer, die Stunde des Hastens ist schon vorbei: Er steht wahrscheinlich erst auf, im Studentenheim wird spät aufgestanden, hätte ich doch auch studieren können, mir hätte es Spaß gemacht, am liebsten Biologie oder Literatur, aber dann hätten sie mich vier Jahre lang durchfüttern müssen, ausgerechnet die beiden, und wo hätten sie es hergenommen, die armen Schlucker – er braucht etwas für seine Nutte, und sie braucht etwas für diesen Knilch, wenn sie noch etwas erleben will, am besten, man hängt sich auf; weit und breit kein Schwitzkasten zu sehen, da rufe ich mal an.

Die Telefonzelle ist leer, sie macht es sich darin bequem, den Ellbogen stützt sie aufs Ablagebrettchen, den Fuß auf den Wandvorsprung, ich habe recht hübsche Beine, das weiß ich, die Mädchen beneiden mich darum, wenn ich mich ausziehe, aber nur ein Fünfundzwanzighellerstück. Ich könnte ja anrufen, aber wozu – das mache ich mir nur vor, du könntest zum Telefon kommen und schreien: Wer dort, Katka, bist du's – oder du, Libuše? Wie konntest du so etwas tun, wenn du's mir wenigstens gesagt hättest, aber das hätte sowieso nichts mehr geändert, was, wenn ich Marketa anrufe? Weißt du, was es Neues gibt, ich habe mit Otto Schluß gemacht, stell dir vor, der zieht schon zwei Jahre mit seiner Turnlehrerin herum, und ich habe nichts gewußt; in den Ferien, wie er angeblich beim Kajakfahren war, da war er mit ihr. Ich habe ihm selbst gesagt: Das hat keinen Sinn, so geht das bei mir nicht – wir haben uns sowieso nicht verstanden, du hast dich immer gewundert, wie ich mich mit ihm abgeben kann, daß ich neben ihm wie verloren bin. Jetzt spüre ich es erst, glaub mir, jetzt geht es mir einfach prima, auch wenn es vorher ...

Ein Herr klopft an die Zelle, ein Herr, wie er im Buch steht, bestimmt schlägt er seine Kinder, Moment, ich gebe dir das Fünfundzwanzighellerstück, ich habe es nicht gebraucht, sei nicht mehr böse.

Der Schwitzkasten fährt halbleer, ich bleibe auf der Plattform, es wird allmählich heiß. Sie stellt sich hinter den Fahrer, denkt ein bißchen über die Liebe nach. *Es ist nicht so schlimm, ohne Liebe zu leben, viel schlimmer ist es, mit einer Liebe zu leben, die sich zersetzt hat und, in tausend Stücke zersprungen, keine Liebe mehr ist, sondern eine Last.* Sie ist stolz darauf, daß sie es fertiggebracht hat, sich einer Liebe zu entwinden, die sich ganz bestimmt in eine Last verwandelt hätte.

Sie steigt eine Haltestelle früher aus, geht an dem scheußlichen Studentenwohnheim vorbei – er hat sein Fenster geschlossen, die untere Hälfte ist mit Papieren beklebt, aber sie bleibt nicht mal eine Sekunde lang stehen, sie fühlt sich sehr frei und ungebunden: vor ihr liegt der ganze Tag, und vor ihr liegt das ganze Leben, kaum zu fassen, Tage, die noch alles beinhalten können, aber jetzt denkt sie nicht einmal daran, sie denkt nur an den heutigen Tag, der eigentlich auch alles beinhalten kann.

Bald hielt ein Auto an, sogar ein Pkw, der Fahrer in Wildlederjacke öffnete die Tür und musterte sie mit einem raschen Blick. Er war anscheinend zufrieden, denn er sagte: »Wohin wollen Sie?«

»Das ist egal.«

»Auch gut.«

Er fuhr rasch und redete unaufhörlich, anscheinend verstand er etwas von Pelzen und kaufte und verkaufte sie in den verschiedensten Weltgegenden; etwas zu lang und dürr für ihren Geschmack, und wohl auch zu alt, obwohl er unter dreißig war, er sprach sehr langsam und bedächtig, das

gefiel ihr, so sprachen Leute, stellte sie sich vor, die etwas
wußten und vielleicht auch bedeuteten. Es war unvernünf-
tig gewesen, die letzte Zeit ausschließlich mit Otto zu verbringen, als hätte es auf der Welt niemanden gegeben außer
ihm. *Die Liebe ist bestimmt das größte Glück, aber gleichzeitig verschlingt sie den Menschen, und sobald der Mensch
das Gefühl hat, er lebt vollkommen, hört er in Wirklichkeit
auf zu leben. Um ihn herum verstreichen unzählige Mög-
lichkeiten der Liebe, verstreichen Momente und Gelegenheiten, größer und vollkommener als die, die er durchlebt,
aber er nimmt sie nicht wahr.*

Das Getreide war noch nicht reif, der Mann schwieg
jetzt, unbekannte Dorfnamen und zitternde Luft über der
Fahrbahn, schmale Täler und bewaldete Hügel, wenn sie
nur immer so fahren könnte: den ganzen Tag und am Morgen wieder, immerzu, und nie zurückkommen, nirgend-
wohin zurückkommen.

Der Mann fragte: »Ist es Ihnen wirklich egal, wohin Sie
fahren?«

»Ja.«

»Ich zeige Ihnen etwas.«

Dann, ohne ihre Antwort abzuwarten, wie es sich gehört hätte, bog er scharf von der Hauptstraße ab und brauste weiter, einen Kegel fast weißen Staubs hinter sich auf-
wirbelnd.

Sie hatte keine Ahnung, wohin er sie fahren wollte, es
war ein kleines bißchen aufregend: nicht zu wissen, wohin
man fährt oder was geschehen wird; das Auto bog noch
einmal ab und näherte sich jetzt über einen holprigen Feldweg drei einsamen Gebäuden.

Der Mann stieg aus, öffnete die Wagentür und half ihr
völlig überflüssigerweise beim Aussteigen, wobei er ihr
leicht die Hand drückte. Jetzt erst wirkte er geradezu

auffallend lang und wie geschaffen für Basketball. »So was haben Sie bestimmt noch nicht gesehen.« Sie betraten einen öden und leeren Hof, dessen Fläche nichts weiter unterbrach als eine rostige Pumpe und, in einer Ecke, ein paar Rollen Maschendraht; diese Öde bedrückte sie ein wenig, es war ein Gehöft, *ideal für einen Mord*, der Mann ging vor ihr mit langen, lächerlich langen und gewichtigen Schritten. Sie gingen durch eine niedrige Durchfahrt und befanden sich plötzlich in einer seltsamen, unwirklichen Stadt aus Tausenden von hölzernen Käfigen. »Warten Sie hier!« In der Luft hing der Geruch tierischer Exkremente und von noch etwas, was sie nicht zu erkennen vermochte.

Vor einem Gebäude, das aussah wie eine Garage mit zu hohem Tor, oder eher wie ein Hangar für ein einzelnes, vergessenes Flugzeug, stand, an einen Pflock gebunden, von dem die Rinde noch nicht abgeschält war, ein eigenartig graues Pferd.

Noch nie hatte sie eine ähnliche Farbe gesehen – wie schwarze Erde, von Reif bedeckt. Sie wollte zu diesem herrlichen Tier hinlaufen, doch der Mann kam schon wieder zurück, mit diesen lächerlich langen und gewichtigen Schritten, im Grunde war sie froh, daß er zurückkam, denn über diesem Platz lag eine sonderbare, unerklärliche Traurigkeit, und hinter ihm trabte ein kahlköpfiger Dickwanst mit einem Schlüsselbund.

»So nette Gäste…«, sagte der Dickwanst, »das Fräulein möchte also unsere Nerze sehen.« Und sie traten durch eine Drahttür zwischen die Käfige, die auf hohen, gekreuzten Beinen standen und in denen, verwirrt und kopflos, einsame braune Tiere herumliefen. Der Mann freute sich unverhohlen an diesem Schauspiel, er erzählte pausenlos von diesen fleischfressenden Tierchen – vielleicht ihretwe-

gen, und vielleicht wollte er auch vor dem andern Mann
großtun, und so schritten sie durch den Irrgarten der Ein-
zelzellen, aus denen es kein Entrinnen gab für die Insassen,
denen neun Monate Leben vergönnt war, denn dann waren
sie am schönsten, und sie spürte wachsendes Mitleid, wie
immer, wenn sie eingekerkte Tiere sah.

Dann kamen sie zu der Reihe, wo in jedem Käfig ein Paar
dieser Tiere herumlief, hier haben wir die Kranken, sagte
der Mann, in Gesellschaft werden sie schneller gesund als
allein, und die beiden Männer setzten den Rundgang fort,
vielleicht hatten sie sie vergessen, und sie blieb bei den Paa-
ren zurück, die nur die Krankheit von ihrer völligen Einsamkeit erlöst hatte. *Den Menschen treibt oft auch nur die
Einsamkeit zur Liebe, und eigentlich wird der Mensch zwischen Freiheit und Einsamkeit hin und her geworfen – doch
meistens verliert er die Freiheit, und der Einsamkeit ent-
rinnt er nicht*, das habe ich wahrscheinlich irgendwo gelesen, aber jetzt habe ich es erfaßt, jetzt spüre ich es selbst.

Die beiden Männer waren schon im Labyrinth verschwunden, sie machte sich durch eines der überriechen-
den Käfiggäßchen auf den Rückweg – und mit einemmal
erfaßte sie ganz stark das Gefühl, fast die Erkenntnis, daß
dieser Tag kein gewöhnlicher Tag bleiben würde und daß er
also nichts Durchschnittliches und Gewöhnliches bringen
konnte, daß sie in seinem Verlauf wohl auch die Liebe kennenlernen würde, sie war sich dessen ganz sicher, und wäre
in diesem Moment der lange Mann in der Wildlederjacke,
dessen Namen sie nicht einmal kannte, zu ihr gekommen
und hätte gesagt: Ich liebe dich, dann hätte sie seine Liebe
wohl erwidert, restlos und ohne Vorbehalt – und dann kam
sie an derselben Stelle wieder heraus, an der sie vorhin hin-
eingegangen waren, und sie erblickte vor sich die edle Gestalt des grauen Pferdes.

77

Es stand mit hängendem Kopf da, und sie stellte sich dicht zu ihm, vor großen Tieren hatte sie sich nie gefürchtet, nur vor Spinnen, Raupen und Fröschen, sie bemerkte, daß eines seiner Augen mit einem undurchsichtigen Häutchen überzogen war, und sie dachte, wahrscheinlich ist es ein altes Pferd – und der Reif auf seinem Fell ist eigentlich nur ein Zeichen des Alters –, es war mit einem ganz kurzen Strick festgebunden, eigentlich mit einem langen, aber der Großteil des Stricks war um den Pflock gewickelt, und auch seine Vorderbeine waren mit einem dicken Seil gefesselt. Auch hier ein Gefangener, aber sie hatte mit ihm noch größeres Mitleid als mit den kleinen Tieren in den Käfigen; in dem andern Auge des Pferdes lag etwas geradezu Menschliches: Weisheit konnte es freilich nicht sein, vielleicht war es Traurigkeit oder Angst – vielleicht auch nur Qual oder Müdigkeit, am ehesten wohl Müdigkeit.

Sie kramte aus ihrer Handtasche eine Tüte mit Malzbonbons hervor, das Pferd leckte sie mit einer müden Bewegung seiner grauen Lippen von ihrem Handteller und schaute sie mit seinem einzigen Auge starr an, und sie legte die Hand auf seinen Hals, verharrte neben ihm und ertastete jetzt den Pulsschlag des großen Tieres und hörte seinen Atem, und sein Geruch hüllte sie ein – plötzlich empfand sie so etwas wie Zärtlichkeit oder sogar Liebe oder zumindest warme, tröstliche Freundschaft: »Du mein Tier«, sagte sie halblaut, »mein Brüderchen, du dummes Pferd.« Und es war, als verlangsamte das Pferd seinen Atem, und ein Beben durchlief seinen riesigen Leib.

Dann öffnete sich das Tor des sonderbaren Hangars vor ihr, und aus dem Tor traten zwei Männer in weißblau gestreiften Kitteln.

»Hat sich angebiedert, das Aas«, sagte der eine.

Sie mußte ein paar Schritte zurücktreten und schaute zu,

wie die Männer den Strick von dem Pflock abwickelten, dessen Rinde noch nicht abgeschält war, und wie sie dann das Pferd zum offenen Tor hinzogen.

Sie wollte ihnen etwas nachrufen, doch da blieb das Pferd stehen, spreizte sich und wieherte auf.

»Also, du Aas, du dreckiges«, brüllten sie, und das Pferd stand da wie an den Boden festgeschmiedet, es warf seinen müden, silbernen Kopf hin und her und wieherte. Einer der Männer drehte sich zu ihr um und sagte freundlich: »Es riecht Blut, die Bestie, und das schmeckt ihm nicht.«

Da begriff sie plötzlich, was die beiden waren, und daß sie etwas unternehmen sollte, um das Pferd zu retten, doch sie wußte, daß sie nichts tun konnte.

Sie konnte nur weggehen, sie sollte weggehen, um wenigstens nicht das zu sehen, was geschehen würde, aber sie brachte es nicht fertig, sich von dem Pflock, dessen Rinde noch nicht abgeschält war, zu entfernen, und sie sah entsetzt, wie die Männer von der Decke des Hangars einen Flaschenzug herunterließen, wie sie ein Seil über die Rolle warfen, dessen anderes Ende in Form einer Schlinge den Hals des Pferdes umschloß, sie schaute regungslos zu, wie die Männer zu ziehen begannen, und sie sah, wie sie alle Kräfte anspannten, und wie auch das Pferd alle Kräfte sammelte, sah, wie es sich langsam – grauenerregend und menschlich – auf die Hinterbeine aufrichtete, hochgezogen von dem scheußlichen Seil, wie seine Hufe vor Entsetzen auf den Boden schlugen und dann nur noch im Leeren zuckten. Sie hörte das Gebrüll des Tieres, verzweifeltes Pferdegebrüll, ein Klagen, bang und voll vergeblichen Flehens, ein Gebrüll, das keine Vorahnung war, sondern Gewißheit, und dann schaute sie zu, wie das Pferd sich mit merkwürdigen, unnatürlichen Schritten dem Schlund des Tores näherte. Habt Erbarmen! Ach Gott, wenn sie wenigstens das Tor

schließen wollten, und tatsächlich schloß sich in diesem
Moment das Tor hinter den beiden Männern und dem Ver-
urteilten, und sie wartete, auch wenn sie nicht wußte, worauf, und dann war es plötzlich da: kein Aufschrei, kein Gebrüll, sondern ein Fallen, das dumpfe, dröhnende Fallen
eines schweren Körpers auf Steinfußboden, und das war
also das Ende; plötzlich spürte sie ihren eigenen Körper
nicht mehr, sie schwebte empor, bis sie auf den weichen,
sandigen Boden sank, aber über dem Kopf hielt sie sich mit
kraftlosen Händen immer noch an dem Pflock fest und
preßte die Lippen an die harte, rauhe Rinde und zermalmte
sie dann mit den Zähnen, bis sie auf das bittere Holz biß.

Und das Fallen dröhnte und verbreitete sich und hallte in
ihr nach, bis es alles übertönte, was war, und alles, was je
sein würde; sie wußte genau, daß es nie verklingen würde,
denn es war kein Geräusch, wie es Dinge verursachen, es
war ein Geräusch, das aus der Leere kam, die von der Tür
nur unvollständig verdeckt wurde: Es war die Stimme des
Dunkels, in das die Wehrlosen geschleppt werden.

Dann hörte sie abermals das kreischende Geräusch des
Tors und blickte voll vergeblicher und schaudernder Hoffnung auf, aber sie sah nichts außer den beiden Männern in
den weißblau gestreiften Kitteln, die zwei kleine Leiterwagen zogen, und auf jedem der Leiterwagen lag ein Metall-
trog, mit einer blutigen Plane zugedeckt. Da stand sie auf,
und obwohl sie den eigenen Körper noch immer nicht
spürte, lief sie mit merkwürdig unnatürlichen Schritten in
die Leere vor sich hinein.

Gegen Abend, der Himmel hatte sich bedeckt, die Sonne war hinter einem Dunstschleier verschwunden, setzten die Soldaten sie gleich am Stadtrand ab und riefen ihr noch etwas nach; sie hatte am Morgen nicht geahnt, daß sie so bald zurückkommen würde, noch bei vollem Tageslicht und in solcher Stimmung – wo gehe ich jetzt hin, ich muß zu jemandem, ich könnte ins Kino gehen, aber was soll ich allein im Kino, außerdem muß ich essen, ich werde etwas essen, und dann rufe ich Marketa an, aber worüber sollen wir sprechen? In einem Seitengäßchen eine schmutzige Spelunke, was soll ich allein an einem Tisch, aber ich gehe doch nicht nach Hause und schaue den beiden zu.

Sie saß an einem ungedeckten Tisch, ein schmuddeliger Kellner brachte Biere und für sie eine Kuttelsuppe; ihre Finger zitterten ein wenig: Ich habe also Hunger, ein Wunder, daß ich etwas essen kann, auch wenn es abscheuliches und ekelhaftes Fleisch ist.

Sie wollte an etwas denken, wenigstens an irgendein Buch oder einen Film, sie wollte an den Mann in der Wildlederjacke denken, an die Stadt der kleinen Holzkäfige, den Gestank ... Und schon stand es vor ihr mit seinem silbergrauen Fell und der langen Mähne, es war jetzt nicht angepflockt, es weidete frei, warf seinen einäugigen Kopf zurück, und die Wiese zog sich von Horizont zu Horizont, und der Horizont war dunkel wie ein Strich, wie ein mitten durch die Nacht gezogener Strich; vom Nebentisch starrte ein Männchen mit einem Totenkopfgesicht zu ihr herüber.

»Bist du eine Studentin?«

»Nein.«

»Komm, setz dich hierher.«

»Ich habe meinen Teller da.« Sie hatte kein Verlangen, dort neben diesem Menschen zu hocken, auch wenn es letztlich egal war, er sieht ein bißchen so aus wie Mutters Knilch, so sitzen sie wahrscheinlich herum, arme Mama, wenn er sie dann mit seiner gelben Pfote berührt.

»Ich fürchte, du bist doch eine Studentin.« Er sprach mit hoher, fast weiblicher Stimme. »Du setzt dich nicht zu jedem.« Aber wahrscheinlich ist der Mama bang, sie ist einsam, ich kann ihr nicht genug sein, ihr fehlt Liebe, und das ist also die Liebe, diese Himmelsmacht, sie nahm den Teller und setzte sich zum Tisch dieses Männchens.

»Bist du Verkäuferin?«

»Nein.«

»Habe ich mir gedacht. Du bist Studentin.«

»Was geht Sie das an?« fuhr sie auf. Wenn sie nur Studentin wäre, aber was liegt daran, was liegt daran, was ich bin, was wir eben jetzt sind – und sie hörte das dröhnende Fallen, es tauchte aus dem Nichts auf, anscheinend hörte es sonst niemand – wenn wir wissen, was einmal aus uns wird.

»Ich hätte auch studieren können, aber mich haben sie nicht gelassen, Fuhrmann hab ich werden müssen. Und ich kann sie nicht leiden«, quiekte er, »die Klugscheißer. Die halten sich für was Besseres. Und was wären sie ohne uns? Du bist Sekretärin, was?«

»Nichts bin ich«, sagte sie, und es stimmte, ein Kuttelsuppe schlürfendes Nichts, aber was wird aus mir? Oder bleibe ich ein Nichts bis zu dem Augenblick, nein, daran will ich nicht denken.

»Aber voriges Jahr auf dem Petřín, da hatten wir unseren Spaß mit ihnen, wir haben sie mit Leuchtkugeln bombardiert und aus dem Gebüsch gezerrt.«

»Was hatten sie denn angestellt?« fragte sie.

»Angestellt, angestellt...« Und plötzlich fiel ihr das Kämmerchen ein, dem Himmel so nah, mit dem Schaukelstuhl und dem Fenster, das erst in der Höhe des Halses anfing und in der Höhe der Stirn aufhörte, und mit der riesigen Rolle dieser blauen Leine, deren loses Ende immer schwankte, sie versuchte sich zu erinnern, wann sie zuletzt dort oben gewesen war, und es schien ihr unglaublich, daß diese ferne Vergangenheit der heutige Morgen gewesen war.

»Die hatten schon einen Regierungsvorsitzenden gewählt«, ließ sich das Männchen vernehmen, »so hatten die sich alles schon ausgedacht, die ganze Regierung mitsamt dem Zentralkomitee.«

»Ihr habt sie geschlagen?«

»Vorsicht, Vorsicht«, schnauzte er sie an, »hier stelle ich die Fragen!« Dann sagte er: »Wenn mein Sohn studieren würde, der würde nicht so herumhuren wie die. Wenn du sehen könntest, was die in ihren Wohnheimen treiben, die nehmen zum Beispiel so ein Weibsbild...«

Endlich hatte sie die Suppe aufgegessen, ich muß gehen, aufstehen und gehen, aber wohin? Ich gehe nach Hause zurück, wohin nur, einmal muß ich ja sowieso zurück... Oder ich fahre zu ihm, er hat mich ein bißchen – wenigstens hatte er mich ein bißchen gern. Aber wir haben Schluß gemacht, ich kann nicht zu ihm gehen...

»Friseuse bist du, stimmt's? Wenn du dir was dazuverdienen möchtest«, sagte plötzlich der Mann mit seiner hohen Frauenstimme, und seine Augen quollen ein bißchen hervor, »ich wohne gleich in der Nähe, und nichts«, sprach er rasch, »und nichts – du brauchst nur den Rock auszuziehen... Also, Vorsicht«, stieß er aus, »also Vorsicht, Fräulein!« Sie ging zu der rissigen Theke und legte dort auf den Glasbehälter mit den Waffeln und den Schokoladekeksen einen Fünfkronenschein.

»Machen Sie sich nichts draus«, sagte der Schankkellner. »Wissen Sie, der ist ein bißchen zu kurz gekommen. Der kann nicht – na ja, Sie wissen schon.« Und sie lief mit kleinen, verkrampften Schritten zwischen den Tischen durch.

Als sie dann die Treppe im Studentenheim hinaufstieg, vorbei an der abgestoßenen Ecke und dem schlechtgestrichenen Geländer, stellte sich wieder einmal fast so etwas wie Hoffnung ein; vielleicht hatte er sie noch immer gern, auch wenn sie jetzt nicht recht wußte, was das bedeutete: immer noch gern, aber vielleicht wartet er auf mich, und wenn ich komme, sagt er: Was hast du die ganze Woche gemacht, ich bin froh, daß du endlich hier bist. Ich weiß gar nicht, warum ich hier bin und wieso ich hier bin, aber auf einmal bin ich mit dem Kopf im Sand gelegen, und da ist mir eingefallen, daß du wenigstens eine Weile zu mir nett sein wirst, auch wenn du mich nicht liebst, und mich anhören wirst, auch wenn ich schweige; auf dem Korridor zwei eingeschaltete Kochplatten, ein Neger in weißen Tennisschuhen und purpurnen Shorts, hinter einer halbgeschlossenen Tür eine schmetternde Jazztrompete.

»Du bist da? Hast also doch Verstand angenommen!« Im Trainingsanzug, etwas schmal in den Schultern, ein Meister auf dem Barren: Schöner Blödsinn, so eingeschnappt zu sein, du weißt doch, wie's heutzutage zugeht. Du darfst es nicht so tragisch nehmen…

Die mit Fotografien überklebten unteren Hälften der Fenster, das Durcheinander von Büchern und Kolleghef ten, an der Wand Sportgrößen und ein geschnitztes Rinderhorn, auf einem Bord ein gläsernes Döschen, mit Blumen und Vögeln bemalt, das als Aschenbecher benutzt wurde.

»Du bist ein ausgemachter Kindskopf, Katka, du denkst dauernd an Sachen, an die du nicht denken sollst, sogar wenn sie dich nichts angehen.«

»Aber es betrifft mich doch, wenn du eine andere hast!«

»Du bist dumm, es kommt nur darauf an, was zwischen uns ist. Nur darauf.«

Und Stille, die Jazztrompete auf dem Korridor, der Neger hinter der Tür pfeift eine monotone Melodie, hinter dem Fenster Abend, auf dem Petřín haben sie sie herumgejagt, aber ich bin keine Studentin, ich werde keine Brücken bauen, ich werde nicht die Namen von Königen und Geschlechtern aufsagen, auch nicht neun Symphonien durchnehmen, aber das ist egal, das ist egal, mein Königreich sind weiße und rosa Kärtchen in einem Saal mit hellblauem Licht, Tag für Tag um halb fünf den Rock abbürsten, morgen bürste ich wieder den Rock ab und warte auf ein barmherziges Aufflackern von Sympathie, ob es sich einstellt, warte vor dem Tor, halte Ausschau und warte immer von neuem, warte unverdrossen und nicke gelegentlich zu kleinen, plumpen Anzüglichkeiten und großen Enttäuschungen wie der, die du mir zugefügt hast, und warte und warte und warte, bis eines Tages die zwei kommen, die beiden Männer in den weißblauen Streifen, und das Seil über die Rolle werfen und anfangen zu ziehen, nein, ich will nicht daran denken, an das, was sein wird, und das, was kommen muß, ich will nicht daran denken.

»Seit drei Tagen bin ich hier allein«, sagte er. »So lange haben wir darauf gewartet, und ausgerechnet dann mußt du deinen Dickschädel aufsetzen. Hast du was gegessen?«

In einem Spind hatte er Wein – den billigsten freilich, und gestern bei den Vorentscheidungen war er Zweiter an den Ringen geworden.

»Ich gehe gleich wieder.« Aber sie saß auf dem äußerst schmutzigen Bett, das zweite war gemacht und kantig wie ein Sarg, ich setze mich hinüber und werde dich nur anschauen. Ich habe keine Lust, hierzubleiben, aber wo soll ich hingehen? Und da trinkt sie also Wein, billigen und herben, er schmeckt ihr überhaupt nicht, er bringt auch nicht viel Erleichterung, nur ein bißchen Betäubung und ein allmähliches Verschwimmen des Tages und der Tage. Jetzt kannst du sprechen, wovon du willst, berühren kannst du mich und auch küssen.

»Warum hast du das gemacht? Warum bist du weggelaufen?«

»Du weißt es ja.«

»Du bist ein Kindskopf, Katka, was willst du eigentlich?«

Er geht und löscht das Licht aus, wir sind in der Dunkelheit gefangen wie zwei Nerze, hinter den Fenstern leuchten Fenster, jetzt weiß ich, warum sie die untere Hälfte der Fenster überklebt haben, und hinter der Wand die Jazztrompete.

»Ich stelle das Radio an, damit man nicht hört…«

»Was soll man nicht hören?«

»Du bist dumm, Katka, oder tust du nur so?«

Er trägt sie ganz leicht, und jetzt liegen sie nebeneinander, das Radio spielt, jemand schreitet über den Korridor, bestimmt der Neger in den purpurnen Shorts, die Jazztrompete ist verstummt, wenn es still wäre, könnte ich deinen Atem hören, mein Gott, ich bin hier bei dir, wie bin ich hergekommen? Aber irgendwo mußte ich ja hingehen, ich wollte nicht allein sein, deshalb bin ich hier, wenigstens für eine Nacht, und du wirst eine Weile nett zu mir sein, für die Dauer dieses Abends und dieser Nacht, wir werden Liebende für eine Nacht sein; sag doch wenigstens etwas, schweig nicht, mir ist bang, bei fremder Musik auf einem fremden Bett; und sie liegen hier nebeneinander, er küßt sie: *Hübsch bist du Mädchen komm näher zu mir – ich möchte dir ins Gesicht sehen – komm näher zu mir – ja und sag hast du mich lieb – du bist dumm daß du so fragst – dumm daß ich gekommen bin – nein daß du fragst.*

Und vielleicht habe ich dich trotz allem gern und würde es dir sagen, wenn du es mir sagen würdest, aber du schweigst und tastest nur meinen Körper ab, und nichts, nichts, *du brauchst nur den Rock ausziehen*, aber ich bin froh, du hebst mich weg von diesem Tag, du hebst mich zu dir, vielleicht stellt sich doch noch ein Gefühl des Glücks ein, und so küß mich, das möchte ich, so möchte ich es, *mein Liebling*.

Und da liegen sie schon halbnackt nebeneinander, in dem niedrigen Raum mit dem verdeckten Fenster ist es heiß zum Ersticken, er streicht über ihren Körper, aus Freude, daß sie gekommen ist, die Musik ist verklungen, eine Stimme leiert eintönig herunter:

... qui es aux cieux! Que ton nom soit sanctifié ... Sie hat die Augen halb geschlossen und wartet auf den Augenblick, ganz auf ihn ausgerichtet, und ihr starr nach innen gekehrter Blick verfolgt jede Regung des Herzens und das Pulsieren des Blutes. Und da, plötzlich, aus den Tiefen der Nacht, schießt das Geräusch des dumpfen Fallens empor, das ohrenbetäubende Dröhnen des sich öffnenden Tores, und die zwei warten schon: lächelnd und breitbeinig, die Seile schwingen sich hinauf, die Schlingen baumeln, sie baumeln lüstern: *Wie schön du bist dein Leib ist wie Seide – wozu – zum Lieben – wozu,* und die beiden schaukeln schon auf sie zu, *zeig dein Köpfchen her und deine Kehle ist weiß auch im Dunkeln – wozu – zum Lieben*, Stille, der Priester hat schon zu Ende gebetet – Stille und Orgelmusik.

»Du weinst, Katka, warum denn?«

Sie sind weg, hinter den Fenstern leuchten Fenster, du

liegst neben mir, ermattet wie alle Liebenden, so ist das, so ist das immer, auch wenn ich es nie gesehen habe, weiß ich es, so ist es immer, und sie entfernen sich und verschwinden und werden wiederkommen, die zwei Gestreiften, und werden warten, bis sie eines Tages auch mich zu fassen bekommen und der Strick sich um meinen Hals festzieht, und ich steige empor, steige immer weiter empor, und du kannst mich nicht zurückhalten, niemand kann mich zurückhalten, nichts und niemand, und nun schließt sich das Tor für immer, jetzt weiß ich es, jetzt verstehe ich es, jetzt habe ich alles verstanden.

»Du bist dumm, Kateřina, nächstens wird es dir gefallen.«

4

Es ist ganz finster und still, die zwei zu Hause schlafen – wenn die Mutter aufwachen würde, dann würden wir vielleicht weinen, aber wieso, ihr geht es nicht anders, auch sie kommt so nach Hause, kommt oft so nach Hause; und sie öffnet nicht einmal die Tür, sondern steigt über die schmale Wendeltreppe hinauf, die Decke ist schräg und das Fenster klein und hoch, und es ist nichts da außer Kram aus der Kindheit und eine blecherne Waschschüssel, in der man vom Gang Wasser hereinbringen kann, und ein Schrank, ein Bügelbrett mit versengtem Bezug und ein Schaukelstuhl und die riesige Rolle einer blauen Leine, nicht mehr aus Hanf und erst recht nicht aus Papier, sondern aus Kunststoff, viel fester als die festeste Naturfaser, eine Leine, geeignet zum Verschnüren von Paketen voll alter Lumpen und auseinanderklaffenden Koffern sowie zum Aufhängen von Wäsche und zum Sichaufhängen für Lebensmüde.

Sie ist erschöpft, es ist eine merkwürdige, hoffnungslose Erschöpfung, die sich nicht einmal auf den Schlaf freut, von Erschöpfung eingehüllt macht sie Licht, es kommt ihr sonderbar vor, daß sie erst heute morgen in diesem Raum war, als wäre das in einer längst vergangenen Zeit gewesen, an deren Ende sie stand, oder vielmehr so, als stünde sie schon am Anfang einer ganz anderen Zeit, sie zieht sich ganz langsam aus, obwohl sie noch nicht das Bett gemacht hat, auf dem Rock entdeckt sie einen scheußlichen, dunkelroten, fast schon schwarzen Fleck, was war das für ein schöner Rock, und sie möchte am liebsten weinen, über den weißen Faltenrock und über die Erschöpfung und über sich selbst, und sie geht auf den Gang und füllt die Waschschüssel mit Wasser, und dann nimmt sie die große Rolle mit der blauen Leine, doch kaum hat sie ein paar Meter abgewickelt, wird sie von Abscheu erfaßt, und sie wickelt die Leine wieder auf, und als sie den Fleck herausgewaschen hat, wirft sie den Rock über das Bügelbrett. Was soll ich jetzt machen?

Sie löscht das Licht und setzt sich in den Schaukelstuhl, und da fällt ihr ein, die Liebe ist eigentlich wie das Leben, man weiß, es wird schlecht enden, es wird viel zu früh enden, es gibt keine Hoffnung auf Fortdauer, und man lebt es doch und man liebt – wie man lebt – mit der Sehnsucht nach Fortdauer und ohne Hoffnung auf Fortdauer, liebt mit geschlossenen Augen und mit Bangigkeit, die das Glück durchdringt, und man denkt nicht und will nicht denken.

Durch das geschlossene Fenster stiehlt sich Nachtluft herein, so dicht unter dem Himmel, aber die Sterne sind glanzlos, in unermeßlicher Weite zuckt der fahle Strahl eines verlorenen Blitzes auf, und abermals Dunkel, leise rieselndes Dunkel, und langsam wie eine Fata Morgana taucht die Silhouette des ersten Turms auf und ein kleiner

Kamin, der steil aufragt, und ein Sockel für eine Statue, ohne Statue, und tiefer und tiefer, die Fenster sind dunkel, dahinter schlafen sie alle: solche, die Denkmale errichten, und solche, die sie abreißen, und solche, die Lichter anzünden, und solche, die sie auslöschen, und solche, die lernen, und solche, die alle hassen, welche lernen, und solche, die einander lieben, und solche, die zur Liebe Zuflucht nehmen, und solche, die die Liebe nicht kennen, und solche, die enttäuschen, und solche, die sich vor der Enttäuschung zu armseligen Knilchen flüchten, um wenigstens Teilnahme zu finden, und solche in gestreifter Kleidung, und solche, die ihnen zusehen, und solche, die voll schmerzlicher Beklommenheit auf ihre Ankunft warten, und solche, die aus Angst die eigene Liebe quälen.

Und ich steige herunter und bin wie sie, unter den trüb leuchtenden Laternen, vielleicht sieht mich jemand und sagt: Du bist unser Schwesterchen, du bist dort so allein, komm, und ich werde gehen, egal wohin, aber ich werde gehen – und ich werde emporschweben und fallen – und höher und höher bis zur letzten Silhouette des letzten Turms, und der kleine Kamin, der steil aufragt, und die Sterne, winzige unermeßliche Sterne, sie muß vor ihnen die Augen schließen, und die Sterne verlöschen allmählich, und statt dessen steht es vor ihr, mit silbergrauem Fell und langer silbergrauer Mähne, Erde mit Reif bestäubt, die Wiese dehnt sich von Horizont zu Horizont, und über die Wiese schiebt sich eine ganze unermeßliche Herde gleich wohlgestalteter Tiere, und sie liegt inmitten der Wiese und schaut und begreift nicht, wie jemand diese herrlichen Geschöpfe wegen der kümmerlichen und häßlichen Tiere in den Käfigen töten kann, und sie schaut zu, wie die Pferde ihre stolzen Köpfe zurückwerfen, und sieht, wie sie sich in der unermeßlichen Herde zusammendrängen und wieder voneinander lösen, und wie einige sich gegenseitig mit dem Kopf berühren, und sie sieht, wie sie sich lieben, die Pferde, inmitten der Wiese, inmitten ihres einzigen Tages, inmitten ihrer einzigen Nacht, mit geschmeidigen Hälsen, diese freien Pferde, Liebende für eine einzige Nacht, inmitten der langen, ewigen, schweigenden Nacht, und sieht die dünnbeinigen Fohlen, die inmitten der Herde herumtollen, meine Brüderchen, flüstert sie vor sich hin, und sie spürt keine Bangigkeit mehr, ihre Erschöpfung haben die Halme der Wiese aufgesogen, und sie ist so leicht, daß sie fallen und emporschweben kann, und so schläft sie, halb entkleidet, in dem Schaukelstuhl, während es hinter der Dachluke dämmert, während der etwas feuchte, duftlose städtische Morgen ins Zimmer fällt und das lose Ende der blauen Leine im unsichtbaren Luftstrom sacht schaukelt.

Hochzeitsreise

1

Die Straße stieg in steilen Kurven an.

Das Mädchen drückte sich an seine Schulter, sie war kleiner als er und zarter, und sie verschwand fast neben ihm in dem großen Sitz.

Er lenkte mit einer Hand, mit der andern hielt er sie umschlungen, er hatte sich in diesem Jahr angewöhnt, mit einer Hand zu lenken, und auf diese nicht sonderlich bequeme Weise waren sie gemeinsam durch halb Europa gefahren, über die Autobahnen Deutschlands und über eine seltsam öde, von windzerzausten Ahornen gesäumte Straße zwischen Châlons und Meaux (vielleicht waren es gar keine Ahorne gewesen, denn dort waren sie bei Nacht und Nebel vorbeigekommen) und durch das wilde Bergland des Olymps zwischen Kozani und Tyrnavos, und nach all der Zeit, nach den endlosen Stunden der Reise, nahm er sie immer noch wahr, die Berührung ihrer Hand und das leichte Erbeben ihres Körpers, und manchmal küßte er sie mitten im Fahren, sie küßten sich bei wildester Fahrt auf vielen, sofort wieder vergessenen Straßen, und sie liebten sich auch in diesem Auto, auf ausgestorbenen Feldwegen, bei Nacht und mitten am Tag, wenn die Sonne voll auf ihr blasses und nicht besonders schönes Gesicht fiel, während ein griechischer Hirte, breitbeinig auf einem lethargischen Esel sitzend, langsam an ihnen vorüberzog, und jetzt näherten sie sich wieder einem jener Ziele, die eigentlich kein Ziel waren, die Dächer eines Städtchens lugten hinter den Kronen bunter Bäume hervor und wirkten, von der sinkenden Sonne beschienen, fast wie eine Theaterkulisse.

»Du hast also geheiratet«, sagte er, und es klang nicht wie ein Vorwurf, es war eher eine Feststellung, oder aber nur ein Satz, der die Stille für einen Moment unterbrechen sollte.

»Ich habe also geheiratet«, bestätigte sie. »Aber mit dir bin ich auf der Hochzeitsreise.« Und sie riß ihre Fischaugen weit auf, wie immer, wenn sie etwas verkündete, woran kein Zweifel bestand. »Das ist meine Hochzeitsreise, wo ich doch jetzt geheiratet habe. Und deine, wo du doch bei mir bist.«

»Ja«, erwiderte er leicht erstaunt.

»Dich konnte ich ja nicht heiraten.« Sie berührte seine Schulter mit ihrer Schulter. »Oder hätte ich dich heiraten können?«

»Ich glaube nicht«, gab er zu.

»Mit dir kann ich nur auf Hochzeitsreise gehen.«

»Es kommt mir vor, als wären wir schon auf vielen Hochzeitsreisen gewesen«, meinte er.

»Du findest also, wir sind zusammen schon auf vielen Hochzeitsreisen gewesen?« fragte sie.

»Aber das macht nichts«, sagte er rasch. »Du bist erst jetzt verheiratet, erst jetzt ist es eine richtige Hochzeitsreise«, ging er auf das Spiel ein und bremste, drehte mit der freien Hand das Lenkrad herum, und sie fuhren an einem barocken Brunnen vorbei und hielten vor einem ehemals wohl gotischen Haus. »Kein sehr luxuriöses Gebäude für eine Hochzeitsnacht«, meinte er. Über dem Marktplatz ragte ein Berg empor, auf dessen Gipfel eine Burg langsam verfiel.

»Dann ist es eben kein sehr luxuriöses Gebäude«, sagte sie, als sie den Eingang betraten, und hob den Blick zu dem steinernen Gewölbe, das man weiß gekalkt hatte.

Im Lokal stand – wohl als einzige Attraktion außer der

buntbemalten gotischen Decke – eine große italienische Musikbox. Auf sechzehn gedeckten Tischen blühten in sechzehn gleichen Vasen sechzehn Papierrosen. Nur der Tisch neben dem Ausschank war anders, er war lang, braun und ungedeckt, und an ihm saßen vier Männer und eine Frau. Die Männer, einer davon in Uniform, tranken Bier.

»Hast du Hunger?« fragte er. Er wußte, sie würde jetzt essen und trinken, sehr lange und langsam trinken, um den Moment, auf den auch sie wartete, möglichst weit hinauszuzögern.

Sie blickte sich im Raum um, als suchte sie sich den passendsten von all den völlig gleichen Tischen aus. Dann sagte sie: »Sollten wir nicht ein Hochzeitsmahl veranstalten, wenn wir schon auf der Hochzeitsreise sind?«

»Warum nicht?« Er spielte weiter mit. »Hattest du denn vor einer Woche kein Hochzeitsmahl?«

»Nein. Warum hätte ich vor einer Woche ein Hochzeitsmahl haben sollen?« wunderte sie sich.

»Ich dachte nur«, stutzte er. »Du hast doch vor einer Woche geheiratet.«

»Das habe ich gar nicht bedacht«, sagte sie. »Aber es ist kein anständiger Tisch da.«

»Alle sind gleich anständig«, wandte er ein. »Wir können sie ja bitten, uns ein anderes Tischtuch zu bringen, wenn sie ein anderes Tischtuch haben, und andere Blumen, wenn sie andere Blumen haben.«

»Ja«, stimmte sie zu. »Aber wohin setzen wir die Gäste?«

»Gäste?«

»Zu einem Hochzeitsmahl gehören doch Gäste«, sagte sie. »Oder willst du kein Hochzeitsmahl?«

»Wir kennen hier doch niemanden«, wandte er matt ein.

»Es müssen keine Bekannten sein. Vielleicht die dort an

dem Tisch. Vielleicht würden sie unsere Gäste spielen, wenn wir sie einladen.«

»Gut. Wie viele Gäste wünschst du bei deinem Hochzeitsmahl?«

»Fünf«, antwortete sie ohne Zögern, als hätte sie diese Frage schon längst durchdacht. »Du ärgerst dich doch nicht?«

»Nein, warum sollte ich mich ärgern?«

»Du hattest bestimmt auch ein Hochzeitsmahl«, sagte sie. »Oder nicht?«

»Ich erinnere mich nicht mehr.«

»Du erinnerst dich nicht mehr?«

»Es ist sechzehn Jahre her«, rechnete er nach. »Ich war damals jünger als du heute.«

Er rief den Kellner und versuchte ihm klarzumachen, was er eigentlich wollte.

Er richtete den Blick unverwandt auf den großen Tisch. Drei der Männer waren ganz gewöhnliche Dorftypen, ihre unrasierten und braungebrannten Gesichter, jetzt vom Trinken gerötet, waren von der Sorte, die er gleich wieder vergaß, sobald sie aus seinem Blickfeld verschwunden waren, und dabei hatte er gar kein so schlechtes Personengedächtnis; der Soldat war schwarzhaarig, schlank, fast ausgezehrt, er hatte ein blasses Gesicht, unter den wäßrigen Augen hingen bläuliche Tränensäcke. Er glich nur allzusehr jenem – eigentlich jetzt ihrem – Mann, er glich allen ihren Liebhabern, wie er sie aus ihren Erzählungen kannte, und von den abgegriffenen Fotos, die sie dauernd mit sich herumschleppte.

Dem Soldaten zur Seite saß ein Mädchen, offensichtlich frisch vom Dorffriseur bearbeitet. Sie glich einem Schäfchen, dem man die Augen angemalt und künstliche Wimpern angeklebt hatte.

Er beobachtete, wie der Kellner sich über den Tisch

beugte. Dann wandten die fünf wie auf Befehl den Kopf zu ihrem Tisch herüber, die fremden Blicke fielen auf das Gesicht seiner Begleiterin und blieben dort haften.

Er spürte, wie sie seine Hand berührte.

»Liebling«, sagte sie, »ich liebe dich dafür, daß du mit mir auf Hochzeitsreise gegangen bist. Daß wir ein Hochzeitsmahl haben werden. Und dafür, daß du sie alle eingeladen hast. Schau, wie sie gehen, wie komisch sie gehen!«

Die fünf waren vom Tisch aufgestanden, der Soldat schloß mit einem Klicken sein Koppel. Sie näherten sich ein wenig verlegen, auf den Lippen ein Feiertagslächeln, wie es sich für Gäste geziemt, die am Tisch der Brautleute Platz nehmen wollen. Er bemerkte, daß einer der Dörfler unter dem rechten Ohrläppchen eine kleine bläuliche Beule hatte (sein Gesicht würde er vergessen, aber das rechte Ohrläppchen würde er sich merken), und daß am entblößten Hals des Mädchens ein goldenes Kettchen hing.

2

Bis in die Kehle spürte er das angebrannte Fett der Schnitzel und den Geschmack des schlechten Weins. Die lange Fahrt im Auto, und jetzt dieser endlose Abend in einem Raum voll gähnender Langeweile. Er fühlte sich müde bis zur Erschöpfung.

Die drei Einheimischen, Zeugen seiner Pseudohochzeit, drängten sich danach, für das Schnitzel und den Wein mit ihrem Leben zu bezahlen, ihre Worte ließen jedenfalls darauf schließen, der mit der Beule unterm Ohr hatte acht Jahre in verschiedenen Kerkern verbracht, und die beiden andern ergänzten unaufhörlich seine Erzählungen, als wären sie bei allem dabeigewesen, was er durchgemacht hatte.

Er bemühte sich, ihnen nicht zuzuhören. Er kannte die Geschichte, diese im Grunde immer gleiche Geschichte mit geringfügigen Varianten, wenigstens diesen Abend wollte er dem entgehen: den Gefängnissen, Wachtürmen, Scheinwerfern und Stacheldrahtverhauen. Den Fluchtversuchen entfliehen.

Wenn er mit ihr zusammen war, trennte er sich zumindest in Gedanken von seinem ganzen Leben, alles, womit er lebte, ließ er in völlige Vergessenheit sinken, er dachte weder an seine Familie noch an seine Arbeit, er trat in einen anderen Bereich von Ursachen und Wirkungen, von Taten und Worten. Vielleicht beruhte die überwältigende Ausschließlichkeit dieser Liebe eben auf dem Losgelöstsein von allem, womit er je gelebt hatte.

Jetzt tanzte sie mit dem Soldaten zu der krächzenden Musik, die für eine Krone volle drei Minuten lang dem italienischen Apparat entströmte. Es war ihm bewußt, wie sie tanzte, auch wenn er sie nicht ansah. Und sie tanzte schon ziemlich lange.

Er wußte, daß ihr Tanzen nur einen einzigen Sinn hatte, denselben Sinn wie alles andere, was sie tat. Sie liebte mit jeder ihrer Bewegungen. Sie liebte, wenn sie tanzte, wenn sie aß, wenn sie allein einen Gehsteig entlangschritt, alle ihre Bewegungen waren die gleichen Bewegungen, aber vielleicht irrte er sich, vielleicht war er der Besessene.

»Acht Jahre Leben«, sagte der Mann mit der Beule, »die hole ich in meinem Alter nie wieder ein.« Er sah den Mann an und dachte, daß sie gleichaltrig sein konnten, aber der andere war offenbar nur noch mit seiner Vergangenheit beschäftigt. Diese acht Jahre, das war eine übermäßige Leere, die einen anzog wie ein Abgrund, außerdem kommt für jeden einmal der Tag, da nur noch die Vergangenheit bleibt, und sei es auch eine noch so schreckliche, als einzig Wirkliches und Lebendiges, denn die Zukunft hatte nichts Lebendiges mehr und nichts mehr zu bieten, nicht einmal einen Hoffnungsschimmer. Er hatte noch Hoffnung, sie tanzte jetzt ein paar Schritte von ihm entfernt, noch war er imstande, sich ein Morgen vorzustellen, ohne dabei verzweifelt aufzustöhnen. Aber wie lange noch?

Einen Moment lang sah er sich selbst, wie er dasaß, mit müden Augen, unter der Last seines ganzen bisherigen Lebens, und wartete. Er hatte noch etwas zu erwarten, und deshalb wartete er voll Ungeduld, bis das Mädchen zu Ende tanzte und sich zu ihm setzte.

Darin unterschied er sich von den drei Männern, die hier an ihrem Tisch saßen; sein Leben bäumte sich noch einmal auf, zu einem letzten Aufschrei vor der Stille, die sich nachts schon bei ihm einschlich, sandte den letzten Strahl vor dem Dunkelwerden aus, er liebte, und deshalb saß er hier und spielte mit, dieses Spiel, mit dem er sich über sich selbst und seine Liebe lustig machte, er spielte ihr Spiel, für sie war es natürlich ein Spiel, diese ganze Liebe, diese langen Fahrten ohne Ziel, die ständig wiederholten Beteuerungen, Beschwörungsformeln gleich, am Rande eines Abgrunds gemurmelt, für sie war das nur ein Zeitvertreib zwischen Morgen und Abend, zwischen Abendessen und Nacht, zwischen der letzten Zigarette und dem Liebesakt.

Diese Zeit konnte ihr jeder Beliebige vertreiben, das wußte er. Er war für sie ganz einfach austauschbar.

Er sah sie an, sie merkte es und lächelte ihm zu.

Dieses Lächeln, er konnte es sehen, auch wenn er die Augen schloß, ihren Mund mit der vollen Oberlippe, die ein wenig vorstand.

Er haßte sie in diesem Moment und sehnte sich danach,

sie abzuschütteln, sie loszuwerden, schon jetzt diese Hoffnung loszuwerden, die eigentlich keine Hoffnung war, sondern eher ein Sichverzehren, eher eine dauernde Verlängerung der Angst vor dem Sturz, der unausbleiblich war, all das loswerden, schon jetzt in den Frieden eingehen, sie abschütteln, das Leben abschütteln und die Zukunft, jetzt gleich, aber er wußte, daß er es nicht tun würde.

Liebe mich, dachte er müde, wenigstens heute noch.

Ihm fiel auf, daß das Mädchen, das vielleicht zu dem Soldaten gehörte, reglos am Tisch saß und das eine tanzende Paar beobachtete. Sie war nicht eigentlich häßlich, nur ihren Kopf hatte dieser verbrecherische Friseur entstellt, und ihr Gesicht war bar jeden Selbstbewußtseins. In ihren Augen standen jetzt Tränen.

Er stand auf, rief den Kellner und zahlte.

Die Dörfler erhoben sich und wünschten ihnen beiden viel Glück, während der Soldat noch so vor ihr dastand, wie sie den Tanz abgebrochen hatten, nur ein paar Schritte näher zum Tisch, und sie mit dem unverwandten Blick eines Mannes ansah, der nur noch an das eine zu denken vermag.

»Liebling«, sagte sie, als sie die Treppe hinaufgingen, »das war schön. Wir hatten ein Festmahl.«

»Das ist recht, daß du zufrieden warst«, sagte er.

»Was machen wir jetzt?«

»Wir sind doch auf der Hochzeitsreise«, erinnerte er sie.

Die Betten waren altertümlich, das Waschbecken hatte zwei Hähne, aber aus beiden floß nur kaltes Wasser.

Sie stand vor dem Spiegel und nahm die Klammern aus dem Haar. Ihr Haar war lang, es bedeckte ein Drittel ihres Rückens, er stellte sich diesen Rücken nackt vor, wie er ihn bald sehen würde, und jäh erleichtert, daß das Spiel, die unsinnig lange Wartezeit, zu Ende war, trat er zu ihr und umarmte sie.

»Du meine Schönste«, sagte er, »du mein Fischlein.«

Sie zündete sich eine Zigarette an. »Glaubst du, der Soldat schläft mit dem Mädchen?«

»Ich weiß nicht«, sagte er ungeduldig. »Soldaten schlafen meistens mit jedem Mädchen, das dazu bereit ist.«

»Du glaubst also, Soldaten schlafen mit jedem Mädchen.«

»Aber sie hat ihn gesiezt«, entsann er sich. »Wahrscheinlich hatten sie sich gerade in der Kneipe da unten kennengelernt.«

Sie zog die Vorhänge zu.

»Er hat gesagt, er arbeitet beim Film. Im Zivilleben. Als Beleuchter.«

»Alle arbeiten beim Film«, sagte er verärgert.

»Du glaubst also, heutzutage arbeiten alle beim Film.« Erst jetzt schaute sie sich im Zimmer um. »Das ist aber ein kaltes Zimmer, findest du nicht?«

»Das Zimmer reicht völlig für das, wofür wir es brauchen.«

»Wir brauchen es für etwas?« fragte sie.

Er antwortete nicht. Er hatte sich angewöhnt, ihr nicht zuzuhören, sie nicht zu beachten, wenn er sie nicht beachten wollte. Er spürte nur den Abstand.

»Liebling, du ärgerst dich?« fragte sie.

»Ich weiß nicht«, sagte er. »Ich weiß es wirklich nicht. Ich nehme an, das Kino spielt nicht mehr, falls es hier überhaupt ein Kino gibt.«

»Wir sollten etwas Ausgefallenes tun«, schlug sie vor. »Wenn wir schon auf der Hochzeitsreise sind.« Sie setzte sich aufs Bett. »Sag mir was. Sag mir wenigstens etwas Ausgefallenes.«

»Einmal«, begann er mit dem gleichen Wort, mit dem er

bei seinen Kindern die Märchen einzuleiten pflegte, »einmal war ich auch so alt wie du…«

»Nein«, unterbrach sie ihn. »So etwas meine ich nicht. Liebst du mich?«

»Ja«, antwortete er rasch. »Du weißt, ich liebe dich mehr, als ich jemals irgendwen geliebt habe.«

Sie schwieg. Sie lehnte sich gegen das Kissen und machte schläfrige Augen.

»Du bist meine einzige und letzte Liebe.«

Er küßte sie. »Die Gefährtin meiner Träume«, sagte er. »Manchmal bin ich mitten in der Nacht aufgewacht und hatte Angst, es würde nie geschehen, ich würde dir nie begegnen.«

»Da hast du mich schon gekannt?«

»Gekannt nicht. Herbeigesehnt habe ich dich. Ich habe dich herbeigesehnt, immer wenn ich auf der Straße ging, wenn ich mich allein ins Auto setzte, wenn ich durch eine Landschaft fuhr, die mir seltsam vorkam oder melancholisch, oder auch schön. Und auch jedesmal wenn ich ein Hotel betrat, und dann, wenn ich die Tür des leeren Zimmers öffnete, jedesmal wenn ich zwei erblickte, die sich küßten, und am meisten habe ich dich herbeigesehnt, wenn ich im Sommer spät nachts zurückkam.«

»Halt«, unterbrach sie ihn. »Das erzählst du mir immer.«

»Das habe ich dir noch nie gesagt!«

»Ich weiß, ich weiß. Aber so was Ähnliches.«

Er schwieg.

»Du ärgerst dich?« fragte sie. »Es gefällt mir«, sagte sie rasch, »es gefällt mir, wenn du mir so etwas sagst. Aber heute, ich meine, wenn wir schon auf der Hochzeitsreise sind…«

Er schwieg.

»Liebling«, sagte sie. »Komm weg hier. Es ist ein Zimmer wie immer. Man kann darin nur dasselbe machen wie immer.«

»Mein Gott, wir wollen ja dasselbe machen wie immer!«

»Ja ... Aber heute – heute sollten wir ...« Sie trat ans Fenster und zog den Vorhang zurück. Vor dem dunklen Himmel zeichnete sich noch dunkler die Ruine der Burg ab.

3

Den Berg mit der Burg sahen sie jetzt von der andern Seite, die halbverfallenen Zinnen waren vom Mondlicht beschienen und sahen in dieser Nacht majestätisch und drohend aus.

Er brachte den Wagen zum Stehen und schaltete die Scheinwerfer aus. »Wohin jetzt?« fragte er.

Die Nacht war kühl, und das herbstliche Gras, das Laub und der Nebel verströmten einen fast melancholischen Duft. Es wäre durchaus angenehm gewesen, mit ihr über den Weg in der Wiese zu spazieren, wenn ihm nach einem Spaziergang zumute gewesen wäre.

»Ein seltsames Licht ist hier«, fand sie. Sie schritten über irgendeinen Pfad, eigentlich war es nur niedergetretenes Gras, er legte ihr den Arm um die Schultern. Er sehnte sich nach ihr und haßte sie dafür.

»Erinnerst du dich an die Nacht auf der Straße nach Frankreich?« fragte sie.

»In der Nacht hat es geregnet«, sagte er, »die Straße war beinahe unpassierbar.«

»Ja. Es hat nur so aufs Wagendach getrommelt.« Sie zitterte vor Kälte. Dann begann sie ohne jeglichen Zusammenhang zu erzählen. »Als ich ungefähr vier Jahre alt war, habe ich mir vorgespielt, daß ich einen Hund habe. Ich habe ihn so an der Leine geführt, als gäbe es ihn wirklich, als ginge er hinter mir. Ich habe gewartet, wenn er am Baum das Bein gehoben hat, und immer habe ich ihm von meinem Abendessen etwas ins Näpfchen getan. Neben dem Bett habe ich ihm ein Kissen hingelegt, dort lag er dann sozusagen, und jeden Abend vor dem Einschlafen habe ich ihm etwas erzählt. Ich habe ihm auch nie einen Namen gegeben, ich habe immer nur zu ihm gesagt: Hund. Wenn ich ihn besonders gern hatte, nannte ich ihn: mein Hund.« Sie seufzte. »Ich glaube, ich habe nie wieder jemanden so geliebt wie diesen Hund.«

Sie erreichten einen hölzernen Schuppen inmitten der Wiese. Es duftete nach Heu.

»Liebling«, sagte sie, »komm, jetzt wollen wir uns lieben.«

Er half ihr beim Hinaufklettern.

Das Innere war zur Hälfte mit Heu ausgefüllt, und die Luft war zum Ersticken gesättigt mit Heustaub.

»Liebling«, flüsterte sie, »gefällt es dir hier?«

»Mir ist es gleich, wo ich bin, wenn ich bei dir bin«, sagte er.

»Ja, ich weiß.« Sie zog sich eilig aus. »Aber ich konnte heute nicht im Zimmer bleiben. Du bist mir doch deshalb nicht böse?« Sie schmiegte sich an ihn. Er umarmte sie. Bei jeder Bewegung sanken sie tiefer in die weiche Masse unter sich ein, und die Halme kitzelten und stachen die nackten Leiber.

»Liebling«, flüsterte sie.

Draußen näherten sich Schritte. Er richtete sich halb auf und erblickte eine Silhouette, die ihm bekannt vorkam.

»Also, das ist der Platz?« fragte der Soldat, als sie heraufkletterten.

»Hoffentlich gefällt es Ihnen hier«, flüsterte das Mädchen. Das Dunkel verdeckte jetzt ihr Gesicht und auch ihre Frisur. Der Soldat nahm gleich am Eingang feierlich sein Koppel ab, als reute ihn jeder zusätzliche Schritt.

»Sie sind ein so schöner Mann«, flüsterte das Mädchen. Anscheinend küßte er sie, jetzt war nur noch rasches Atmen zu hören, betrunkenes Schnaufen, tastende Handbewegungen, das Rascheln des Heus, und dann das stöhnende Flüstern des Mädchens. »Nehmen Sie keine Rücksicht auf mich, Hauptsache, Sie sind zufrieden.«

Nach einigen Minuten richtete sich der Soldat in der plötzlichen Stille auf und versuchte, im Mondlicht von seiner Uhr die Zeit abzulesen.

»Sie wollen schon gehen?« fragte das Mädchen.

»Fast Mitternacht«, sagte der Soldat verdrossen. »Warum hast du mir nicht früher was von dem Heu gesagt?« Er spuckte aus, vielleicht spuckte er nur einen Halm aus, der ihm in den Mund geraten war. Er nahm noch das Koppel um, dann stiegen beide fast lautlos hinunter in die Finsternis.

»Liebling«, flüsterte sie, als sie wieder allein waren. »Hast du mich lieb?«

Er bemühte sich, in der Dunkelheit ihr Gesicht auszumachen, aber es war so undeutlich, daß es ein beliebiges Gesicht hätte sein können, und den Duft ihres Körpers überlagerte der durchdringende Geruch des Heus.

»Nein«, sagte er. Und dachte: Ich hasse dich. Dafür, daß für dich ein Spiel ist, was für mich Liebe ist, dafür, daß du meine einzige und letzte Zukunft bist, ich aber bin für dich nur dieser Augenblick, der fast schon vergangen ist.

»Nein«, sprach sie ihm nach. »Er hat mich nicht lieb.«

Er schwieg. Fünfzehn Jahre jünger sein.

»Er liebt mich einfach nicht mehr«, sagte sie. »Warum?«

»Weil du...« Aber er sagte es dann doch nicht.

»Weil ich ein Flittchen bin?« fragte sie.

Er schwieg.

»Du bist also mit einem Flittchen auf Hochzeitsreise gegangen?« Sie schmiegte sich an ihn. »Du mein Liebling.« Sie küßte ihn. Er umarmte sie.

»Endlich, endlich«, flüsterte sie, »endlich.«

»Ich liebe dich«, sagte er. »Ich liebe dich wahnsinnig, und ich würde alles, alles würde ich hergeben für diesen Augenblick mit dir.«

»Ich weiß«, flüsterte sie, »ich weiß es. Hund«, sagte sie dann leise. »Du mein Hund.«

Himmel, Hölle, Paradies

Er parkte den Wagen lieber zwei Blocks von ihrem Haus entfernt. Als er ausgestiegen war, schaute er sich gründlich um. Es fuhren jedoch so viele Autos vorbei, daß er dasjenige, das ihm eventuell gefolgt war, kaum erkannt hätte.

Er betrat das Haus, verbarg sich hinter dem Tor und wartete. Er spürte sein Herz hämmern, aber mehr noch als etwaige Verfolger fürchtete er, wie sie, derentwegen er zurückgekommen war, ihn empfangen würde. Als er sich von ihr verabschiedet hatte, hatte er nicht geahnt, daß es für so lange Zeit sein würde. Es hätte auch ein Abschied für immer werden können, wenn er sich so entschieden hätte wie die meisten Leute in seiner Situation. Er hätte sie zuerst anrufen sollen, aber einem Telefon war nicht zu trauen. Er spähte auf die Straße hinaus, sah jedoch niemanden, der sich verdächtig benahm.

Also stieg er in den ersten Stock, roch den vertrauten Geruch von Terpentin und Verdünnungsmittel, der aus der Wohnung auf den Flur herausdrang. An der Tür, wie früher, ein gemaltes Schild: zwei in einem Bett, auf dessen Kopfteil in Schönschrift ihr und sein Name standen: Jan und Milada Kaskovi.

Er klingelte.

Eine Weile blieb es still. Vielleicht war sie gar nicht zu Hause; damals, als er sich noch für ihre Zeiteinteilung interessiert hatte, war sie freilich meist erst nachmittags weggegangen. Dann ertönten die bekannten Schritte, das Schloß klapperte. Sie war geschminkt und trug ein Kleid, das er nicht kannte. Offenbar wollte sie ausgehen.

»Du bist hier?« Sie wurde sogar rot. »Slamko, du bist verrückt, er könnte immerhin zu Hause sein!«

»Er geht doch arbeiten!« Er trat ein und gab ihr einen Kuß.

»Du bist verrückt, verrückt«, wiederholte sie. »Wieso bist du hier? Du bist doch im Ausland!«

»Ja, aber du bist hiergeblieben.«

»Alle fahren jetzt nur in eine Richtung, weißt du das nicht?«

»Mir egal, was alle machen.«

»Du bist verrückt. Hier wird man dich einsperren. Früher oder später. Und wenn man dich nicht einsperrt, wird man dich so fertigmachen, daß du nicht mehr weißt, wer du bist.«

»Ganz der Deine. Vorhaltungen bringen nichts, jetzt, wo ich nun mal wieder hier bin. Hast du Zeit?«

»Ich hab ja nicht gewußt, daß du kommst. Das hab ich wirklich nicht ahnen können.«

Er wollte sie umarmen, sie entzog sich ihm aber. »Wie stellst du dir das vor? Wer sagt dir, daß ich für dich in Stimmung bin?«

»Ich kann ja ein andermal kommen. Jetzt hindert mich nichts daran.«

»Kommt wohl auch auf mich an, und ob ich dich noch will.«

»Ich bin deinetwegen gekommen. Weil ich dich so sehr gewollt habe, daß ich dort nicht mehr leben konnte.«

»Red kein Blech.« Endlich trat sie zurück, und er folgte ihr ins Zimmer. Es war genau so wie bei seinem letzten Besuch, nur an den Wänden hingen einige neue Bilder, die sie offenbar selbst gemalt hatte. Sie setzte sich nicht, bot ihm auch keinen Stuhl an. »Du bist also meinetwegen zurückgekommen?« Sie zuckte die Achseln. »Deine Sache, warum du zurückgekommen bist. Hoffentlich bildest du dir nicht ein, es ist auch meine Sache.« Sie stand vor ihm und sah ihn an wie einen wildfremden Menschen. Als hätte sie alle Tage und Nächte vergessen, die sie zusammen verbracht, in denen sie einander bis zum Überdruß versichert hatten, wie sehr sie einander liebten. »Ich hab dich nicht erwartet. Du bist verrückt. Überfällst mich so und stürzt dich gleich auf mich. Ich hatte dich schon vergessen. Wäre ja wohl auch zwecklos gewesen, auf dich zu warten, ich hab ja gewußt, ich sehe dich nie wieder.«

»Ich habe immerzu an dich gedacht.«

»Deine Sache, daß du an mich gedacht hast.« Sie stockte. Jemand trampelte die Treppe herauf. Hinter der Wand begann ein Hund zu bellen.

Sie trat dicht an ihn heran. »Hier können wir nicht bleiben.«

»Kommt er um diese Zeit heim?«

»Du tust, als gäb's auf der Welt nur ihn. Er ist zufällig weg. Über alle Berge. Dagelassen hat er mir nur das da.« Sie zeigte auf zwei dünne Büchlein. Das grüne war ein Sparbuch, das rote allem Anschein nach ein Personalausweis. »Alle fahren irgendwohin, nur ich hocke immer noch da.«

»Ist er auch in diese eine Richtung gefahren?«

»Dienstlich, und es ist egal, in welche Richtung. Aber zu dieser Wohnung haben ungefähr zwanzig Verwandte einen Schlüssel.«

»Wir fahren auch irgendwohin. Ich habe einen Wagen.«

»Du bist verrückt, total bescheuert, kommst nach hundert oder wieviel Jahren zurück, und ich soll reisefertig sein, mit Hemd und Schuhen im Köfferchen...«

»Ja«, sagte er. »So habe ich mir das vorgestellt. Wann kommt er zurück?«

»Keine Ahnung. Ich hab ihn nicht gefragt. Außerdem – manche Leute kommen auch unerwartet zurück. Findest du nicht?«

»Wenn sie jemanden sehr lieben«, gab er zu.

»Oder wenn sie verrückt sind. Also Moment. Warte einen Moment. Ich muß erst wen anrufen.«

Das Hotel war frisch restauriert. Das Zimmer lag im fünften Stock, ganz am Ende des Korridors, und gab sich modern. Die Wände waren blau tapeziert, die Liegen mit buntem Kretonne überzogen, denselben Stoff hatte man sogar dem Drahtfunkgerät übergestreift. Auf der Glasplatte des Tisches lag ein Flaschenöffner, statt einer Flasche hatte man jedoch einen Telefonapparat hingestellt und Briefpapier bereitgelegt.

»Siehst du das Neonlicht?« fragte sie.

Von draußen fiel der Widerschein auf die Liegen. »Wir haben ein Zimmer mit Neonbeleuchtung«, lachte sie.

Er nahm sie in die Arme. Sie ließ sich küssen, dann schob sie ihn von sich. »Warte, ich bin ganz klebrig von der Autofahrt.« Sie ging ins Bad, machte aber wie in alten Zeiten die Tür nicht zu. Alles war wie in alten Zeiten, alles so, wie es sein sollte. Bis jetzt war er sich nicht sicher gewesen, ob er klug gehandelt hatte, als er sich zur Rückkehr entschloß, aber jetzt wußte er, daß er sich richtig entschieden hatte. Er gehörte hierher, er gehörte überall dorthin, wo er sie in der Nähe wußte.

Das Fenster ging auf einen Platz. Die Mitte des Platzes nahmen eine Kirche und eine kleine Grünanlage ein. Auf der gegenüberliegenden Seite war eine Busstation, aber kein einziger Bus stand dort, sondern nur zwei ausländische Militärfahrzeuge in Bereitschaft. Noch hatte er sich nicht an sie gewöhnt. Er wischte sich über die verschwitzte Stirn. »Heiß ist es hier«, sagte er, »findest du nicht, daß es hier heiß ist?«

Bei seiner Rückkehr war der Grenzübergang menschenleer, dabei war es erst sieben Uhr abends. »Doktor Sláma«, las der Uniformierte aus seinem Paß ab, »Sláma«, und suchte eine Weile in einer Liste, während er selbst herauszufinden suchte, wo sich der Sowjetsoldat verbarg, wo die feindliche Maschinenpistole steckte. Aber keiner von beiden entdeckte etwas Verdächtiges. Erstaunlicherweise stand er nicht auf der Liste. Oder sie hatten nicht die richtige Liste da. Der Grenzer reichte ihm den Paß zurück. »Sie können weiterfahren.« Es war ganz leicht, das Hineintappen. Aber so ist das mit jeder Falle. Und er begab sich zweifellos in eine Falle, er wußte sogar, daß er sich selbst den Köder ausgelegt hatte, aber er gehörte hierher, er gehörte dorthin, wo sie war.

Er wischte sich wieder über die Stirn.

»Der Mann in der Rezeption«, sagte sie hinter ihm. »Hat mir gar nicht gefallen, wie der geschaut hat.« Sie hatte sich schon das Kleid ausgezogen, hatte nur ein kurzes Hemdchen an und viel Schminke im Gesicht. Er sah sie an, sie, derentwegen er in die Falle gegangen war.

»Der sitzt nicht dort, damit dir gefällt, wie er schaut!«

»Es hat mir nicht gefallen, wie er dich angeschaut hat. Vielleicht hat er mich beneidet.«

»Vielleicht«, ließ sie gelten. »Aber du weißt, in was für einer Zeit wir leben. Es soll nicht auffallen, daß ich hier bin. Daß ich mit dir hier bin. Hast du etwas gerufen, während ich im Bad war?«

»Nein. Ich habe nur gesagt, daß es hier heiß ist.«

»Gut. Ich hab's gern heiß. Wenn's nach mir gegangen wäre, wäre ich irgendwo in Afrika auf die Welt gekommen.«

»Bist am richtigen Ort auf die Welt gekommen. Dort, wo ich dich kennenlernen konnte.« Er umarmte sie, und jetzt ließ sie sich von ihm zur Liege führen.

»Oder in Brasilien«, fügte sie hinzu. »In Brasilien ist es doch auch heiß. Und außerdem wird dort getanzt. Die haben den berühmten Karneval. Oder ist das nicht in Brasilien?«

Er zog sich hastig aus.

»Ich weiß, dich interessiert kein Karneval. Das ist dir als Unterhaltung nicht erbaulich genug. Kann ich ein bißchen Musik anmachen?« fragte sie und streckte sich nach dem Radio aus.

Eine Männerstimme sprach eindringlich: Sie standen völlig unverhohlen dort, wo sie immer gestanden hatten – auf seiten der Konterrevolution.

»Das will ich nicht!« Sie schaltete die Stimme ab. »So quatschen die jetzt immer. Weißt du, daß sie auch schon von dir geredet haben? Hab's zufällig gehört. Ich dreh immer Musik auf, wenn ich zeichne. Und dann wird solcher Quatsch unter die Musik gemischt. Tropfenweise. Bevor man hinlaufen und es ausschalten kann, kommt schon wieder Musik.«

Er hätte gern gefragt, was sie über ihn gesagt hatten, wußte jedoch, daß es sinnlos gewesen wäre, sie danach zu fragen. Sie hatte seinen Namen gehört und den Rest der Mitteilung nicht mitbekommen. Ihr ging es nur um ihre Zeichnungen, ums Lieben, vielleicht auch noch ums Reisen, und sie war jederzeit bereit, sich interessante Geschichten anzuhören. Sofern sie weder Politik, Krankheiten, noch andere ernste Dinge betrafen.

Er legte sich zu ihr.

»Liebes, ich bin wieder bei dir. Das ganze halbe Jahr lang habe ich mir diesen Moment vorgestellt.«

»Du hast dir mich vorgestellt? Hast es ziemlich lang ausgehalten, mich dir vorzustellen.«

»Aber jetzt bin ich hier.«

»Ja, jetzt bist du hier. Und zitterst am ganzen Leib. Zitterst, obwohl dir heiß ist.«

»Ich zittere deinetwegen.«

»Du kriegst von mir Schüttelfrost. Ich bin dein Fieber.
Zitter mehr. Mehr. Noch mehr!« Sie atmete rasch. Schloß
die Augen, während er sie ansah. Jeden Zug ihres Gesichts
wahrnahm. Die künstlichen Schatten unter den Augen.
Die blaugrüne Lidschminke. Dann schloß auch er die Augen. Jetzt lauschte er nur noch ihrem Stöhnen. »Du bist
meine große Liebe.«

»Ach. Und wie sehr liebst du mich?«

»Mehr als mein Leben. Mehr als alles. Deshalb bin ich
gekommen. Wirklich.«

»Warum liebst du mich so sehr?«

»Ich weiß es nicht, ich weiß es wirklich nicht.«

»Wirklich. Wirklich«, wiederholte sie. »Haben wir jetzt
wirklich miteinander geschlafen?«

»Ja, zum erstenmal nach all der langen Zeit weiß ich, daß
ich wirklich existiere. Das andere war nur ein Alptraum.
Ich bin durch die Straßen gegangen und habe dich überall
gesehen, in diesen fremden Städten, wo du nicht sein konntest, in jeder Langhaarigen habe ich dich gesehen.«

»So, du hast mich in jeder Langhaarigen gesehen? Ganz
egal, ob sie schwarz war oder blond?«

»Sie mußte solches Haar haben wie du.«

»Sie mußte schwarze Haare, kurze Beine und einen abgetragenen Rock haben. Hast du auch mit ihnen geschlafen, wenn du mich schon in ihnen gesehen hast?«

»Aber nein. Jeder Tag ohne dich war sinnlos. Es war
nicht auszuhalten.«

»Hast es ziemlich lang ausgehalten«, sagte sie. »Und ich
bin froh, daß du es ausgehalten hast.«

»Soll heißen?«

»Ich kann's nicht ertragen, wenn ich das Gefühl haben
muß, daß jemand es ohne mich nicht aushält, daß ich nur

deshalb mit ihm zusammensein muß, weil er es ohne mich nicht aushält.«

»Du bist mit mir zusammen, weil es dir gefällt.«

»Ja, nur deshalb bin ich mit dir zusammengewesen. Wie spät ist es eigentlich?«

»Ich weiß nicht. Meine Uhr ist an der Grenze stehengeblieben. Die Aufregung war zuviel für sie.«

»Die Uhr wollte nicht mitkommen. Sie war klüger als du.«

»Sie hat hier keinen Menschen«, wandte er ein. »Soll ich die Zeitansage anrufen?«

»Nein, ist doch egal, wie spät es ist.«

»Ich bin wieder da«, sagte er. »Ich bin seit kaum zwölf Stunden zurück. In diesem Land. Zu Hause.«

»Bist noch nicht eingewöhnt?«

»Fast jede Nacht habe ich davon geträumt. Von dir habe ich geträumt. Ich stehe in der Telefonzelle und will dich anrufen. Es gelingt mir aber nie, die richtige Nummer zu wählen. Oder ich warte auf dich an der Ecke deiner Straße. Aber du kommst nicht.«

»Wahrscheinlich war ich mit Honza unterwegs, manchmal muß ich mit ihm zusammensein, er ist doch mein Mann«, sagte sie.

»Aber jetzt bist du mit mir zusammen.« Er umarmte sie.

»Du willst schon wieder diese Sachen mit mir machen?«

»Wir müssen die verlorene Zeit nachholen.«

Sie lachte auf. »Und was machen wir dann?«

Ihm fiel ein, daß er heute noch nichts gegessen hatte. »Dann gehen wir hinunter«, schlug er vor, »ins Restaurant. Es ist klein, aber man hat dort gut gekocht. Vor zehn Jahren.«

»Du bist damals dort gewesen?«

»Ja.«

»Mit einem Mädchen?«

»Ja«, sagte er. »Du warst damals ... Du warst knapp fünfzehn.«

»Und du warst sechsundneunzig. Habt ihr vorher miteinander geschlafen?«

»Das ist doch nebensächlich. Damals habe ich dich ja nicht gekannt.«

»Ja«, räumte sie ein. »Aber man soll nichts wiederholen.«

»Wir werden etwas anderes essen.«

»Ja, zum Beispiel Tomatensuppe. Oder habt ihr damals auch Tomatensuppe gegessen?«

»Ich glaube nicht.« Er versuchte, sich an den Namen des Mädchens zu erinnern. Er hätte gern gesagt, er könne sich nicht an den Namen des Mädchens erinnern, und noch weniger könne er sich erinnern, was sie damals gegessen hatten, aber er fürchtete, sie würde sich beleidigt fühlen wegen des unbekannten Mädchens, weil sie darin eine künftige Vernachlässigung ihrer selbst gesehen hätte. Und da erinnerte er sich, daß es damals Toasts gewesen waren, die im Mund gebrannt hatten, das Mädchen hatte Dora geheißen, und Rotwein hatten sie getrunken, er hatte sein ganzes Geld ausgegeben, das einen Monat lang reichen sollte, damals hatte er eben so gelebt, sie waren beide betrunken in ein Zimmer dieses Hotels zurückgekehrt, das noch keine blauen Tapeten gehabt hatte, die Betten waren alt gewesen und hatten geknarrt, sie hatten sich zum Quietschen des Drahteinsatzes geliebt und darüber gelacht.

»Danach vielleicht etwas ganz Gewöhnliches«, ließ sie sich vernehmen. »Vielleicht Knödel mit Ei. Und Gurkensalat. Glaubst du, es gibt Gurkensalat? Und dann gehen wir ins Kino.«

»Ich gebe dir alles, was du willst, Mädchen.«

Sie schmiegte sich an ihn, und er verspürte eine Wonne, wie er sie immer verspürte, wenn sie ihn berührte, eine Erregung, die ihn auch dann erfaßte, wenn er todmüde war, wenn er erschöpft war vom langen Lieben.

»Liebste«, sagte er.

»Wie spät ist es?« fragte sie danach. »Wie spät kann es sein?«

»Ich weiß es nicht, wenn ich bei dir bin, weiß ich es nie. Aber eines weiß ich.«

»Was weißt du?«

»Daß ich mich bei dir herrlich fühle. Ich möchte nie mehr weg aus diesem Zimmer. Es täte mir leid, wenn du dich anziehen solltest.«

»Aha.« Sie verstand. »Wir bleiben ewig in diesem Zimmer. Und machen unentwegt das eine. Du hast mir aber was zu essen versprochen.«

»Ja.« Er setzte sich auf. Wenn er sich ein bißchen streckte, sah er von hier aus direkt hinunter auf den Platz. Fußgänger eilten durch die Grünanlage. Es war erst früher Abend. Er wandte sich ihr wieder zu. »So lange habe ich dich nicht gesehen. So lange war ich nicht bei dir.«

»Hast Licht über dem Kopf«, sagte sie. »Siehst aus wie ein Ikonenheiliger. Heilige wollen aber wahrscheinlich nicht in einer Tour das eine machen.« Sie streckte die Arme nach ihm aus. »Warum stehst du dann auf?« Sie strich ihm sacht über die Hüfte. »Wann bist du gekommen?«

»Heute!«

»Mußt müde sein. Wir brauchen nirgends hinzugehen. Dann nehm ich wenigstens ein bißchen ab. Hab eh zugenommen, während du weg warst. Mangel an Bewegung!« Sie kicherte. »Erzähl mir was«, sagte sie. »Wie ist es dir eigentlich ergangen?«

»Das weißt du doch. Du weißt doch, wie es mir ohne dich ergeht.«

»Hast du dort ein Mädchen gehabt?«

»Ja«, sagte er. »Aber ich habe sie nicht geliebt. Keine kann ich so lieben wie dich.«

»Wie hat sie ausgesehen? Hast du ein Foto von ihr?«

»Nein!«

»Sie hat dir kein Foto gegeben, als du ihr gesagt hast, du fährst zu mir?«

»Jetzt fällt mir etwas ein.« Die Szene stand ihm so deutlich vor Augen, daß er den Krüppel leibhaftig zu sehen meinte; wäre er zeichnerisch so begabt gewesen wie sie, hätte er ihn porträtieren können. »Ich hatte einen miesen Job in Waterloo, es hatte nichts mit Medizin zu tun, ich bin jeden Morgen hingefahren. Und stell dir vor, eines Morgens, als ich in die U-Bahn einstieg, oben in der Finchley Road Station, stand dort so ein Mensch auf Krücken, er stand dort neben einem Zeitungskiosk, aber er kaufte und verkaufte nichts, er stand nur so herum auf seinen Krükken, er war noch jung, und rothaarig, so rothaarig, wie nur Engländer sein können, oder Walliser oder Schotten. Und er sah mich an. Von all den Leuten ausgerechnet mich, und dabei lächelte er, aber nicht freundlich, sondern eher verschlagen oder haßerfüllt.«

»Und du hast dich vor ihm gefürchtet?«

»Nein, ich hatte dort das Gefühl, daß ich mich vor nichts zu fürchten brauche.«

»Das ist alles?« fragte sie, als er schwieg.

»Nein«, sagte er, »das ist nur der Anfang.«

Sie schmiegte sich an ihn. »Liebst du mich noch?«

»Ich liebe dich so, daß ich zurückkommen mußte, egal, was mit mir geschieht.«

»Du meinst, sie werden dich einsperren?«

»Wenn schon. Ich habe gewußt, daß ich nicht an einem Ort bleiben kann, wo wir uns nicht treffen können.«

»Ich möchte nicht, daß man dich einsperrt. Jedenfalls nicht jetzt, wo ich mit dir zusammen bin«, ergänzte sie. »Der Mann in der Rezeption, hast du bemerkt, wie er dich angeschaut hat?«

Er schüttelte den Kopf. »Ich habe ihn nicht angesehen. Ich habe dich angesehen.«

»Hättest hinsehen sollen. Solltest ein bißchen vorsichtiger sein, wenigstens wenn ich dabei bin. Vergiß nicht, ich bin verheiratet. Aber du mußt mir noch mehr von dem Rothaarigen erzählen.«

»Ja. Stell dir vor, als ich dann ausstieg, in der Waterloo Station, stand der Mann ganz oben an der Rolltreppe und sah zu, wie ich ihm entgegenfuhr.«

»Vielleicht hat er dich verfolgt. Und ist mit dem Auto hingekommen«, meinte sie.

»Um diese Tageszeit gibt es nichts Schnelleres als die U-Bahn. Er stand dort auf seinen Krücken. Rothaarig und grinsend. Nein, er ist mir nicht gefolgt. Er ging zum Ausgang, ohne sich auch nur einmal umzudrehen. Ich bin ihm gefolgt, obwohl ich zur Arbeit mußte. Er ging in Richtung der Arbeiterhäuser, die es dort massenhaft gibt. Ich ihm nach. Der Mensch schwankte auf seinen Krücken wie eine wandelnde Vogelscheuche. Dann verschwand er in einem der Häuschen. In einem ganz gewöhnlichen ebenerdigen Backsteinhäuschen. Ich überlegte eine Weile, aber ich wußte, daß ich ihm folgen mußte. Im Flur gab es nur zwei Türen, keinen Hinterausgang, ich hätte einfach wieder gehen sollen, doch statt dessen klingelte ich an der einen Tür, dann an der anderen, dann rief ich, dann klopfte ich. Ich wußte, daß ich nicht weggehen würde, nicht weggehen konnte, solange er mir nicht aufmachte und erklärte, wie er zur U-Bahn-Station gekommen war. Aber er öffnete nicht. Ich schlug gegen die Tür und schrie, die Schläge mußten bis auf die Straße zu hören sein, aber keine Tür ging auf, und die Stille dahinter war wie in einem Grab, wie früher, wenn ich einen Seziersaal oder die Totenkammer betrat. Ich weiß nicht, wie sich der Kerl verflüchtigt hat. Er konnte höchstens zum Fenster hinausgesprungen sein. Mitsamt seinen Krücken.«

Er war so ins Erzählen vertieft gewesen, daß er sie vorübergehend vergessen hatte. Er sah sie an. Sie schlief.

Er stand auf. Die Hitze war nahezu unerträglich, er ging zum Fenster und versuchte vergeblich, es zu öffnen, auch die Fliesen im Bad waren warm, sie kühlten nicht. Er drehte den Kaltwasserhahn auf, es floß jedoch kein Wasser. Also wusch er sich das Gesicht mit warmem Wasser. Er hörte, wie sich auf dem Korridor leise Schritte näherten, die vor der Tür haltmachten.

Er wartete, bis sie sich wieder entfernen würden, aber es blieb still. Er merkte, daß er Angst hatte. Er sollte jetzt die Tür öffnen und sich überzeugen, wer und ob überhaupt jemand draußen stand, konnte sich aber nicht dazu durchringen. Doch je länger er dastand, naß, nackt, bewegungslos und lauschend in einem fremden Badezimmer, in einem fremden Hotel, in einem Land, in das er aus freiem Entschluß zurückgekehrt war, das ihm aber eigentlich auch schon fremd war, desto größer wurde seine Angst.

Er ging zurück ins Zimmer. Sie schlief. Über ihren nackten Körper huschten rote und weiße Lichtreflexe. Warum waren hier die Fenster nicht zu öffnen? Warum hatte der Mann an der Rezeption ihn so aufmerksam angesehen? Kannte er ihn von irgendwo? Er horchte wieder. Draußen hupte ein Auto, und aus großer Ferne drang ein sonderbares Dröhnen herüber. Vielleicht die Maschinen einer

Fabrik, oder die Motorengeräusche von Panzern. Von wessen Panzern? Sämtliche Panzer unterstanden einem einheitlich feindlichen Kommando. Warum war er eigentlich zurückgekommen? Wirklich und wahrhaftig nur wegen dieser Frau dort, die einem anderen gehörte; er war wegen des Augenblicks der Lust gekommen, die ihm wohl auch anderswo zuteil geworden wäre, es war ihm nie schwergefallen, eine Frau zu finden, die ihm dazu verhalf.

Er setzte sich in den Sessel. Nahm ein Blatt Briefpapier aus der Mappe und begann es so zu falten, wie er es aus seiner Kindheit kannte. Er verspürte kein Verlangen, kein Glücksgefühl mehr über die Nähe der Frau, die er noch kurz zuvor so sehr begehrt hatte. Er verspürte Hunger, Müdigkeit und diese unbestimmte Angst. Wohin würde er morgen gehen, wohin übermorgen? Für eine Rückkehr ins Elternhaus war er zu alt, und ein eigenes Heim hatte er nicht. Er hatte lediglich ein Zimmer für diese Nacht und den morgigen Vormittag. Es sei denn, er verlängerte den Aufenthalt und überredete sie, noch einen oder zwei Tage länger bei ihm zu bleiben. Der Gedanke, das Zimmer verlassen zu müssen und auf die Straße hinauszugehen, war ihm unerträglich.

Das ferne Dröhnen riß nicht ab. Das Faltgebilde war fertig. Er legte es auf die Glasplatte und schickte sich an, ein neues anzufangen.

»Slamko«, ließ sie sich hinter ihm vernehmen, »was machst du da? Warum bist du nicht bei mir?«

Er zuckte zusammen. »Das ist so ein Faltespiel.« Er steckte die Finger in die Papiertaschen und öffnete und schloß das papierene Maul.

»Himmel, Hölle, Paradies,
wo gehört die Seele hin,

In den Himmel, in die Hölle –
schwupp, schon ist sie drin!«

»Wo bist du jetzt?«

Er lauschte dem fernen Dröhnen. Es schien sich zu nä-
hern. Sobald ein Soldat die Tür eintrat, würde er sich mit
ihm schlagen müssen. Doch die einzige Waffe, über die er
verfügte, war der Flaschenöffner.

»Hier«, sagte er, »bei dir.«

»Und deine Seele?« fragte sie.

»Ich weiß nicht, ob ich eine Seele habe.« Als Kind hatte
er an die Seele und deren Unsterblichkeit geglaubt, doch
später hatte er so viele Menschen sterben sehen, von deren
Seele so gut wie nichts übrig geblieben war, weil ihre Ge-
hirnzellen vom Alter oder von einer Krankheit zerstört
worden waren. Er wollte noch etwas hinzufügen, aber da
sagte sie schon: »Nein, du hast keine Seele, deshalb kannst
du es so wunderbar mit mir machen!«

Ja, mehr bedeutete er ihr nicht. Er war nur das Instrument ihrer Wollust. Falls er verfügbar war. Und wer war
das Instrument, falls er nicht verfügbar war?

»Was ist das – die Hölle?« fragte sie.

Er zuckte die Achseln. Er wußte, daß sie keine Antwort
erwartete. Trotzdem sagte er: »Dort drüben habe ich einmal ein Theaterstück gesehen. Man hat Leute in einen
Raum eingesperrt, und dort waren sie immer zusammen.
Ewig, verstehst du – immer nur dieselben Leute. So hat
sich der Autor die Hölle vorgestellt.«

»Und du?«

»Ich weiß nicht«, sagte er. »Ich glaube, daß die Hölle für
jeden etwas anderes ist. Die Hölle ist, wehrlos zu sein,
wenn eine Pistole auf dich gerichtet und behauptet wird,
daß es aus Liebe zu dir geschieht. Die Hölle ist es, wenn
man leiden muß. Wenn man Gewissensbisse hat. Sich lang-

weilt. Lügen anhören muß. Die Wahrheit hört. Die Freiheit verliert...«

»Gerede. Und das Paradies, weißt du wenigstens, was das Paradies ist?« fragte sie.

Das Paradies, dachte er, ist der Zustand der Unschuld. Unkenntnis des Bösen. Unbekanntheit der Angst. Es fielen ihm nur negative Definitionen ein. Das Paradies, das war selbstverständlich die Präsenz Gottes und folglich die Absenz des Todes. Das Paradies war also eine Illusion. Doch es hätte keinen Sinn gehabt, das laut auszusprechen. Er sagte lediglich: »Einmal möchte ich ausschließlich mit dir zusammen sein. Damit du nur für mich da bist.«

»Jetzt eben war ich ganz für dich da«, erinnerte sie ihn.

»Meinst du, ich könnte noch mehr für dich da sein?«

»Du müßtest nie mehr weg von mir, wir wären nur zu zweit. In einem einsamen Haus mit Garten.«

»Vorhin hast du gesagt, daß man dir im Theater gerade das als Hölle vorgeführt hat.«

»Aber dieses Haus könnte man verlassen. Und Gäste einladen.«

»Ja. Und im Garten in der Sonne liegen. In Brasilien. Oder in Spanien. Hätten wir einen Swimming-pool?«

»Warum nicht?«

»Gut. Die Villa könnte direkt am Meer stehen, das wäre noch besser. Und abends könnten wir in eine Kneipe oder eine Pizzeria gehen. Was würden wir trinken?«

»Wein«, schlug er vor.

»Klar. Aber was für einen?«

»Käme aufs Essen an. Du würdest den trinken, auf den du gerade Appetit hast.« Dann fiel ihm etwas ein: »Erinnerst du dich an das kleine Hotel am Stausee? Wir waren ganz allein dort, und die Geschäftsführerin hat uns im Ballkleid italienischen Wein kredenzt.«

»Nein.« Sie schüttelte den Kopf.

»Ruffino. Wir haben die ganze Flasche ausgetrunken, aber zusammen schlafen konnten wir nicht. Weil wir keine Bleibe und keine Zeit hatten, weil du am Abend zu Hause sein mußtest.«

»Nein«, sagte sie, »ich erinnere mich nie an das, was gewesen ist. Wird schon stimmen, daß ich nach Hause mußte, wenn du es sagst. Ich bin ja bekanntlich verheiratet. Aber jetzt bin ich bei dir und möchte Wein trinken, irgendeinen, und zwar reichlich. Wie spät ist es eigentlich?«

»Ich weiß nicht«, sagte er, »aber ich glaube, ziemlich spät. Vielleicht bald Mitternacht. Hörst du dieses Dröhnen?«

»Ist das Restaurant schon geschlossen?«

»Ja«, sagte er. »Wahrscheinlich. Hör doch!«

»Du hast mir Tomatensuppe versprochen.«

»Die schlag dir jetzt aus dem Kopf. Es ist zu spät. Ich habe heute auch nichts gegessen. Den ganzen Tag nicht.«

»Du hast eben einen anderen Magen«, sagte sie. »Es nützt mir gar nichts, daß du auch Hunger hast. Machst du Musik an?«

Er drehte am Knopf. »Es geht nicht mehr. Es ist zu spät. Sie haben es abgeschaltet, damit die Gäste nicht gestört werden. Auch wenn...« Und er fand es in diesem Moment fast absurd, daß jemand sich bemühte, seine Nachtruhe zu schützen. In diesem Land. Und beim Gedröhn ferner Motoren und Panzerketten.

»Ich hab Durst«, sagte sie. »Bring mir wenigstens Wasser.«

Die Fliesen waren immer noch warm, und es floß immer noch nur das warme Wasser. Auf dem Korridor näherten sich schon wieder schleichende Schritte. Die Hölle, das ist die Angst, dachte er; und das Paradies, das ist die Abwe-

senheit der Angst, das sichere Wissen um die Gefahrlosigkeit. Um Treue. Deshalb ist das Paradies eine Illusion.

Sie nahm einen Schluck von dem warmen Wasser.
»Warum stehst du so herum? Warum kommst du nicht zu
mir, wenn du sonst nirgends hin willst? Oder liebst du
mich nicht mehr?«

»Wenn ich dich nicht liebte, wäre ich nicht hier.« Und er
sehnte sich, sehnte sich wie wahnsinnig nach diesem siche-
ren Wissen, nach der Gefahrlosigkeit, nach ihrer Treue.

Sie schmiegte sich an ihn. »Und ins Kino wollten wir gehen«, sagte sie wehmütig.

»Wir gehen schon noch, wir werden noch oft ins Kino
gehen.«

»Meinst du? Ich weiß nicht, ob wir noch irgendwann
mal ins Kino gehen, ich wollte aber heute gehen. Vielleicht
wirst du gar nicht eingesperrt. Vielleicht hast du dir alles
nur eingebildet.«

»Und zwar?«

»Das mit dem Buckligen. Den hast du dir nur eingebildet, vor dem brauchst du dich nicht zu fürchten.«

»Es war ein Lahmer«, verbesserte er.

»Ich hätte mehr Angst vor dem Kerl an der Rezeption.
Der sagt denen, daß du hier bist, wenn sie ihn fragen. Die
klopfen auf einmal an und sind da. Und ich hänge mit
drin.«

»Keiner weiß, daß ich hier bin.«

»Keiner weiß, daß du hier bist?« sagte sie verblüfft.
»Man hat dich doch eingetragen!«

»Ich habe doch nicht meinen Ausweis vorgelegt. Ich
habe mir den von deinem Mann geborgt, als ich bei dir war.
Die Ähnlichkeit wird nie kontrolliert, die wollen nur den
Ausweis sehen. Ich dachte, es ist besser für dich, wenn ich
mich nicht unter meinem Namen eintrage.«

»So, du hast dir seinen Ausweis geborgt und sagst mir nichts davon. Eigentlich bin ich also mit meinem Mann da. Ich hab hier nur meine ehelichen Pflichten erfüllt.«

»Bist du böse?«

»Nein, warum?« wunderte sie sich. »Ich fürchte nur, du wirst mich nicht mehr so übermäßig lieben, wenn du glaubst, ich erfülle nur meine ehelichen Pflichten.«

»Ich liebe dich, ich könnte keinen Menschen mehr lieben als dich.«

»Und bist von weither angereist, um es mir zu beweisen. Und hast dich unter seinem Namen eingetragen, so daß eigentlich er es bewiesen hat. Dafür liebe ich dich.«

»Ich möchte, daß du mich lange liebst.«

»Lange? Lange und wirklich. Du gebrauchst immer so komische Wörter. Genügt es dir nicht, daß ich hier bei dir bin? Denk nicht daran, was morgen sein wird, und komm zu mir«, murmelte sie. »Komm ganz zu mir. So. Jetzt spüre ich dich. Jetzt glaube ich dir, daß du mich so sehr liebst.«

Als er aufwachte, dämmerte es bereits. Jemand ging über den Korridor, und das entsetzte ihn dermaßen, daß ihm der Schweiß auf die Stirn trat. Erstarrt horchte er auf die Schritte, die sich entfernten und wieder näherten. Jemand lauerte vor der Tür. Er hatte Kopfschmerzen. Vermutlich von der Hitze, von der Aufregung, von dem Mangel an Schlaf und vielleicht auch vor Hunger. Ich darf keine Angst haben, sagte er sich.

Sie lag neben ihm und schlief. Sie hatte sich am Abend nicht gewaschen, die Schminke auf den Lidern und unter den Augen war verschmiert, auf ihrer Stirn standen Schweißtropfen. Ein aufgedunsenes, schmuddeliges und gewöhnliches Weib. Ihretwegen war er zurückgekommen, ihretwegen war er in die Falle gegangen!

Er hatte Hunger. Er öffnete seinen Koffer, einige

schmutzige Hemden, Zeitschriften, ein zusammengefalteter Anzug. Kein Bonbon, nicht einmal ein Kaugummi. Er machte den Koffer wieder zu.

»Was suchst du?« hörte er hinter sich. »Vielleicht eine Pistole? Leute wie du müssen doch eine Waffe haben! Und schau mich jetzt nicht an. In der Früh bin ich häßlich.« Er hörte ihre Schritte, dann rauschte das Wasser im Bad.

Sie kam nackt heraus, aber schon tadellos geschminkt. »Gefalle ich dir noch?«

»Du bist schön. Du bist das schönste Mädchen, das ich je gesehen habe. Du glaubst mir doch, daß ich es ohne dich nicht mehr aushalten konnte?«

»Ich glaub's dir. Was machen wir jetzt?« fragte sie. »Ob es schon Frühstück gibt?«

»Das bezweifle ich.« Der Gedanke, daß er diese stickige, nicht zu lüftende Zelle bald verlassen mußte, entsetzte ihn.

»Sie könnten uns ja was heraufbringen«, meinte sie. »Ruf an, daß wir hier oben frühstücken wollen.«

Er hob den Telefonhörer ab und wartete.

»Ich möchte Schinken«, sagte sie. »Schinken mit Ei. Und Tee. Ich liebe Tee. Ich könnte den ganzen Tag Tee trinken.«

»Da meldet sich niemand!« Zwecklos, sich etwas vorzumachen. Sie saßen in der Falle. Da nützte auch kein Trick mit einer geborgten Legitimation. Die warteten vor der Tür, bis er herauskam.

»Macht nichts«, sagte sie. »Wir gehen hinunter. Was soll ich anziehen?«

»Nichts. Mir gefällst du am besten, wenn du nichts anhast.«

»Du meinst, ich soll nackt frühstücken gehen? Oder bringst du mir das Frühstück ans Bett? Gehst du hinunter?«

Er nickte und trat ans Fenster. Draußen war es schon hell. An der Station gegenüber warteten einige Busse. Und unten, aus der Höhe des fünften Stocks zwergenhaft klein, bewegte sich auf dem schmalen Grünstreifen ein Mann auf Krücken. Hinter einer Ecke hervor kam von einem unsichtbaren Gegenspieler ein Ball geflogen. Der Mann holte Schwung und trat den Ball weg. Er beobachtete das Spiel, beobachtete, wie der Ball hin- und herflog, beobachtete sein künftiges Schicksal.

»Was gibt's zu sehen?« fragte sie.

»Nichts«, sagte er. Obwohl er ahnte, daß er diesen Menschen noch öfter sehen würde, konnte er sich nicht vorstellen, wann und wo das geschehen sollte.

»Ist das dein Buckliger?« Sie lugte ihm über die Schulter.

Er zuckte die Achseln und streckte sich dann auf der Liege aus, auf dem Nachttisch lag das aus Papier gefaltete Gebilde.

Wo gehörte die Seele hin?

»Er ist hingefallen«, kam es vom Fenster, »er ist ausgerutscht, als er den Ball wegkicken wollte. Der ist ja noch ein Junge! Der andere dort war doch kein Junge?«

»Liebst du mich?« fragte er.

»Ich weiß nicht. Jetzt hab ich erst mal Hunger. Wie kann ich daran denken, ob ich dich liebe, wenn ich an Schinken mit Ei denke?«

»Komm zu mir, ich will dich.«

»Gehen wir nicht lieber essen?«

»Nachher. Jetzt ist sowieso noch geschlossen.«

»Wir können uns im Laden eine Semmel kaufen.«

»Nachher.«

»Du bist verrückt! Immer willst du nur das eine, aber essen willst du nichts!«

Sie kniete neben ihm nieder und näherte ihren Mund

dem seinen, ließ sich küssen. »Weil du so verrückt bist, liebe ich dich. Und jetzt komm endlich«, sagte sie.

Er spürte, wie Beklemmung ihn beschlich. Wohin soll ich fliehen? Aber solange er hier war, hier bei ihr, solange er ihren Atem hörte, solange er sich noch an ihren Leib schmiegen konnte, solange hatte er noch eine Gewißheit: sie. Er konnte sie berühren, ihre Nähe spüren, die ihn beglückte und mit Ruhe erfüllte. Er umarmte sie, zog sie an sich und küßte sie mit ermüdeten, trockenen Lippen. Ich liebe dich! Verlaß mich nicht! Bleib bei mir!

Sie gab sich ihm schweigend hin, was seine Unsicherheit nur noch vergrößerte. »Noch eine Weile«, flüsterte er. »Noch eine Weile, und dann gehen wir.«

Als er aufwachte, war das Zimmer voller Licht, obwohl er bestimmt nur ein paar Minuten geschlafen hatte. Sie war wieder im Bad. Schritte auf dem Korridor. Von Männern, Frauen, vielleicht auch Kindern. Ein Durcheinander von Schritten. Er setzte sich auf und schaute aus dem nicht zu öffnenden Fenster.

»Ist er noch da?« fragte sie hinter ihm.

»Nein, meine Liebe!« Er sah sie an. Sie war schon halb angezogen. Jetzt würde sie gehen. Er konnte sie durch nichts daran hindern.

»Gehn wir essen?« fragte sie. »Sie müssen inzwischen doch aufgemacht haben! Es ist bestimmt schon Mittag.« Dann sagte sie: »Ich nehme zwei Teller Bouillon, und dazu esse ich drei Hörnchen. Ob sie frische Hörnchen haben?«

»Liebste«, sagte er, »zieh dich noch nicht an.«

»Wir müssen jetzt gehen«, sagte sie. »Ich muß am Nachmittag unbedingt zu Hause sein. Du brauchst mich nicht zu fahren, wenn du nicht willst. Ich fahre per Anhalter.«

»Ich fahre dich. Ich will dich fahren. Ich will bei dir sein.«

»Du bist müde, und ich hab Hunger!« Sie setzte sich neben ihn. Gab ihm einen Kuß. »Komm, mein Schatz, wir lassen unsere Sachen da, und dann kommen wir noch auf einen Sprung zurück.«

Er rührte sich nicht. Auch die Zeit rührte sich nicht, stand still in dem blauen Zimmer. In der blauen Zelle.

Aus dem Nebel schwang sich die Sonne empor, und ihre Strahlen begannen die Luft zu durchglühen.

»Hast du was zu lesen da?« fragte sie.

»Nein. Nur ein paar Zeitschriften.«

»Lies mir was vor«, sagte sie.

»Es sind Fachzeitschriften.«

»Macht nichts«, sagte sie.

»Englische.«

»Macht nichts, du übersetzt es mir eben.«

Er stand auf und öffnete den Koffer. Der Koffer und die Sachen stammten von dort, wo es sie nicht gab, wo es keine Angst gab.

Dann beugte er sich über sie, sie hatte die Lippen fest zusammengepreßt und die Augen halb geschlossen. Eine Weile betrachtete er dieses fremde Gesicht.

»Schon in alten Zeiten«, übersetzte er dann, »befaßten sich die Ärzte mit dem Bau des menschlichen Skeletts. Es fiel ihnen auf, daß die Knochen sich mit ihren Eigenschaften wesentlich von allen anderen Geweben unterscheiden«.

»Was für Knochen haben Krüppel?« fragte sie.

»Das ist unterschiedlich«, sagte er. »Willst du wirklich, daß ich dir das erkläre?«

»Wirklich«, äffte sie ihn nach. »Wirklich und lange.«

Er schwieg. Nie sprachen sie von etwas anderem als von Liebe. Sinnlos, ihr etwas vorzulesen. Er klappte die Zeitschrift zu und warf sie auf den Boden.

»Komm, wir sind ja bald wieder zurück!« sagte sie.

Er zog sie an sich.

»Laß mich!« rief sie zornig.

»Du liebst mich nicht mehr?«

»Du bist verrückt, und ich hab Hunger!«

In einem Sonnenstrahl tanzte Staub. Es drängte ihn, aufzustehen und aus dem Fenster auf den Rasen zu schauen. Aber er beherrschte sich.

»Du liebst mich auch nicht«, sagte sie. »Du hast nur Angst. Du hast Angst, seit wir hergekommen sind. Angst vor jedem Schritt hinter der Tür, Angst, daß du hier allein bleibst. Du sehnst dich nach etwas Sicherem. Mein Gott«, schrie sie, »warum bist du hier? Warum bist du nicht dort geblieben und hast dir nicht irgendein braves und treues Geschöpf gesucht?« Sie stand auf.

Er streckte die Arme nach ihr aus und versuchte, sie wieder an sich zu ziehen.

»Faß mich nicht an!« Sie kratzte ihn auf der Brust. Sie bohrte die Nägel in seine Brust und grub damit lange, blutige Furchen.

»Verlaß mich jetzt nicht.« Er schaute zu, wie sie sich anzog, die Kratzspuren brannten, und er spürte die Klebrigkeit des eigenen Blutes, das ihm über die Brust rann.

Sie schaltete das Radio ein, endlich erklang Musik. Er hörte es nicht. Er spürte nur seine eigene Müdigkeit, er spürte den Hunger, der seinen Körper matt werden ließ, er spürte seine Mattigkeit und Unsicherheit. Und was kommt dann? Ich schließe die Augen und bleibe liegen. Werde schlafen. Am Abend stehe ich auf und trinke etwas. Der Mensch muß wenigstens etwas trinken. Und er spürte den Durst so quälend, daß er aufstand, ins Bad ging und gierig zwei Gläser warmes Wasser trank.

Sie saß vor dem Spiegel und kämmte sich. »Was für Haare hatte damals die andere?«

»Das spielt doch keine Rolle!«

»Hast du sie auch halb verhungern lassen?«

»Nein, damals war alles ganz anders.«

»Immer ist alles ganz anders. Warum legst du dich wieder hin? Willst du denn noch hierbleiben?«

Er war in Schweiß gebadet. Er hätte nicht so viel trinken sollen. Egal. Er bemühte sich, die Geräusche auf dem Korridor zu hören und die Geräusche draußen, aber die Musik übertönte alles.

»Wovor hast du eigentlich Angst?« fragte sie. »Hast du dort drüben jemanden umgebracht?«

»Vielleicht sind die, die jemanden umbringen, besser dran als die, die keinen umbringen.«

»Meinst du?« Sie war wieder schön.

Aus den Kratzspuren auf seiner Brust sickerte ganz langsam Blut. Ihm war, als hörte er Schritte. Ganz nah. Dann faßte jemand nach der Klinke. Er erschrak. »Könntest du bitte das Radio ausschalten?«

Sie drehte das Radio ab. »Wie spät kann es sein?« fragte sie.

Er starrte unverwandt die Klinke an, die sich nicht bewegte. Vielleicht kommen sie nicht, solange sie da ist. »Liebst du mich wenigstens ein bißchen?«

»Ich hab jetzt Hunger«, sagte sie.

»Du gehst ohne mich?«

Sie nahm seine Hand. »Komm«, sagte sie. »Komm schon.«

Wozu jetzt noch essen? Er horchte auf die Schritte im Korridor. Schritt, Schritt, und dann ein merkwürdiges Pochen. »Hörst du?« fragte er und hielt den Atem an.

»Ich will nicht ewig hierbleiben.« Sie ließ seine Hand los.

Jemand blieb vor der Tür stehen, leise wurde ein Schlüssel ins Schloß geschoben.

Sie drehte sich zu ihm um, und ihre Augen weiteten sich vor Überraschung.

»Hab keine Angst«, sagte er. »Ich beschütze dich.«

»Du blutest«, fiel ihr auf. »Wieso blutest du?« Sie beugte sich zu ihm nieder und küßte ihn auf die Brust.

Er spürte ihren Mund, der sich an seiner Brust festsaugte, spürte die kühlenden Berührungen, spürte sein Blut. »Liebste«, flüsterte er und wußte jetzt, daß sie einander zum letztenmal berührten, daß er zum letztenmal dieses Wort aussprach, daß sie wegging, daß sie weder seinen Schutz noch seine Liebe brauchte, weder seine Rückkehr noch sein Opfer, nichts ließ sich zurückhalten, nichts ließ sich retten, es blieb nur die letzte Gewißheit, daß sie wegging wie alle, wie alles, diese einzige Gewißheit, die eisige, trostlose Gewißheit, daß alles verging, auch dieser Moment würde vergehen, diese Bangigkeit. Er konnte ruhig die Augen schließen. Und er spürte, wie Ruhe ihn durchdrang, und nun hörte er nicht einmal mehr, wie fremde Fäuste an die Tür schlugen. Er versank.

Sie kamen herein. Es waren zwei. Als erster kam, jetzt in einem blauen Arbeitsanzug, der Mann aus der Rezeption, der andere, ein auffallend rothaariger junger Mann, stützte sich auf einen Stock. In der linken Hand trug er eine große Reisetasche.

»Also, was ist?« sagte der erste Mann. »Was ist los mit Ihnen? Sie hätten das Zimmer längst räumen müssen.«

Sie stand rasch auf und wischte sich den Mund. Mit der anderen Hand zog sie die Bettdecke hoch, um die Nacktheit des Mannes zu verdecken. »Wir haben geschlafen. Er schläft immer noch.« Und sie eilte an den beiden Männern vorbei zur Tür, als schäme sie sich, daß sie sie hier noch angetroffen hatten.

Der Mann aus der Rezeption ging zum Bett. »So, Herr

Kaska, aufgestanden!« Dann wandte er sich dem jungen Mann zu, sagte: »Himmel, hast du die gesehen?« und schnalzte mit der Zunge.

Der Rothaarige legte Stock und Tasche auf dem Sessel ab. Dabei entdeckte er das Papiergebilde. »Himmel, Hölle, Paradies«, sagte er fast zärtlich. »Paradies«, wiederholte er und schaute zur offenen Tür, als hoffte er, sie dort noch zu sehen.

Liebende für einen Tag

Klara und zwei Herren

Der Mann blieb auf der Schwelle stehen, als zögerte er einzutreten. Im Vorzimmer hing ein unangenehmer Geruch: nach ungelüfteten Betten, verwelkten Blumen und alten Kleidern.

»Worauf warten Sie?« fragte sie und zog sich den Mantel aus.

»Hier wohnst du also, Klara!« Er blickte sich unbehaglich um. Er war nicht besonders groß, mager und hatte einen kleinen Bauchansatz. Er legte ebenfalls den Mantel ab und stand in einem abgetragenen Anzug mit schlotternd weiten Hosenbeinen da. Er zog die Hose hoch und trat ein.

Das Zimmer war klein und ärmlich. In einer Ecke rostete auf einem abgewetzten Tisch ein Kocher vor sich hin, im Ausguß türmte sich schmutziges Geschirr, das besprenkelt war vom anhaltenden Getropfe des undichten Wasserhahns. Auf dem Schrank stand neben einem altertümlichen Radio ein leerer Käfig. Über der Tür tickte eine große Wanduhr. Auf den blanken Fußbodenbrettern lag nur vor dem Schrank ein kurzer, abgetretener Läufer.

»Interessant hast du's hier.« Er fühlte sich verpflichtet, über sein Unbehagen irgendwie hinwegzureden. Er hätte nicht herkommen sollen, obwohl er sie begehrte. Er sah noch einen Käfig unter dem Fenster, ein weiterer schaute unter dem Bett hervor. Dann zog ein großer hölzerner Blumentopf mit einem tropischen Gewächs seine Aufmerksamkeit auf sich. Er ging näher heran, mit Pflanzen kannte er sich nicht sonderlich gut aus, es war wohl eine Agave. Ein aus Agaven hergestelltes alkoholisches Getränk hatte ihm einmal einer seiner ehemaligen Schüler aus Mexiko mitgebracht. Das Getränk hieß Tequila, den Namen des Schülers hatte er vergessen.

»Die schaut jeder zuerst an«, erklang es hinter ihm. »Meinen stachligen Liebling. Aber fassen Sie die Blüte nicht an. Wer sie abreißt, wird nie mehr glücklich sein. Weder Sie, noch ich, wenn wir hier zusammen sind. Das ist so ein Aberglaube.«

»Ich bin nicht abergläubisch.« In einer anderen Ecke entdeckte er noch einige Käfige, die ineinander verhakt zu sein schienen. Auf dem Bord über dem Bett stand ein großes Transistorradio, ein kleines lag gleich neben dem Kocher.

»Glück ist nicht alles«, erklärte er. Das Fenster ging auf den Hof hinaus, und fast zum Greifen nahe leuchteten gelb einige fremde Fenster. Bestimmt konnte man hier hereinsehen und alles beobachten, was vor sich ging.

»Ich bin gern glücklich.«

Das war ihr Lieblingsausspruch, das einzige, worauf es ihr offenbar ankam, ansonsten fehlte ihr wohl jeglicher Ehrgeiz. Die Nummer, unter der er sie anrief, gehörte zwar zu einem Forschungsinstitut, aber dort arbeitete sie nur als untergeordnete Referentin.

»Alle wollen wir glücklich sein«, sagte er. »Glück, was ist das eigentlich?« Glück bedeutete dem einen ein Moment der Ekstase, einem anderen die Nähe eines Menschen. Und ihm? Am ehesten wohl ein reines Gewissen. Er fühlte sich hier unwohl, etwas hier bedrückte ihn, flößte ihm fast Angst ein. Vielleicht bewirkte das die Situation, in der er sich befand. Er war die Rolle des Liebhabers nicht gewöhnt. »Warum hast du so viele Radios, Klara?«

»Die habe ich geschenkt bekommen.« Sie ließ Wasser in eine Kanne laufen und stellte sie auf den Kocher. »Zur Erinnerung. Oder auch zu Weihnachten. Ich habe gern

Geschenke. Das ist doch nichts Schlechtes, Geschenke annehmen, wenn sie aus Liebe gemacht werden.«

»Natürlich nicht.« Er lächelte nachsichtig. So, wie er seine Tochter anlächelte, wenn sie etwas besonders Kindliches äußerte. Die hier könnte auch seine Tochter sein, wenn er sie in ganz jungen Jahren gezeugt hätte. Er hatte sie vor zwei Wochen im Zug kennengelernt, auf der Rückfahrt aus der Sommerfrische, wo er seine Familie untergebracht hatte.

»Ich würde nie etwas Schlechtes tun. So setzen Sie sich doch«, forderte sie ihn auf.

Er setzte sich also, und sie beugte sich über das Bett und schaltete das Transistorradio ein. Es war irgendein ausländischer Sender. Er vertrug diese Art von Musik nicht, geistlose Schlager regten ihn auf.

»Damit lasse ich die Welt zu mir herein.« Sie zog das alte, verblichene und löcherige Rollo herunter. »Ich hab's nicht gern still. Manchmal in der Nacht überfällt es mich: Hier ist immer alles gleich! Und still. Dann schalte ich mir das Radio ein. Vielleicht streiten sich da gerade zwei Herren, reden irgend so ein Kauderwelsch, und ich stelle mir die beiden Herren vor und die Leute, die ihnen applaudieren, und die Stadt, wo alle diese komische Sprache sprechen.« Sie saß auf dem Bett, die Hände im Schoß gefaltet, er fühlte sich ihr sehr nahe, ihr Geplapper rührte ihn. Er hätte sich gern zu ihr gesetzt und sie umarmt, aber er war sich nicht sicher, ob das schon der richtige Zeitpunkt dafür war. Außerdem regten ihn die leeren Käfige auf. »Du bist mein Sonnenschein, Klara«, sagte er und rückte wenigstens mit dem Stuhl näher. »Wozu hast du die Käfige hier?«

»Das ist ein Andenken – an einen Herrn. Er hat sie gemacht.«

Bevor er sie umarmte, sollte er ihr etwas Nettes und

auch etwas über sich sagen. Er hatte viel mit ihr gesprochen während dieser vierzehntägigen Bekanntschaft, aber nie über sich selbst, sondern über den Inhalt von Büchern oder Filmen, er hatte versucht, ihr Gedanken zu übermitteln, die nicht seine eigenen waren. Im Grunde waren sie einander fremd geblieben. »Wenn du nur wüßtest«, sagte er, »was ich weiß ...« Er stockte. Eben weil sie einander fremd geblieben waren, wußte er nicht, ob er ihr trauen konnte. Also sagte er nur: »Ich werde dir noch viel erzählen müssen...« Er jetzt bemerkte er, daß auf dem Bord, halb vom Radio verdeckt, ein Telefon stand. Er wußte nicht, warum, aber es erschreckte ihn. »Du hast mir nie gesagt, daß du ein Telefon hast!«

»Mich ruft niemand an.«

Er schob das Radio weg und hob den Hörer ab. Das Besetztzeichen ertönte. Er legte den Hörer auf und hob ihn wieder ab. Er hielt ihn ans Ohr, aber nichts war zu vernehmen, nur irgendwo in weiter Ferne eine geschulte Stimme, die ein Kochrezept vorlas.

»Wollen Sie wen anrufen?« fragte sie.

»Nein«, sagte er erschrocken. »Doch nicht von deinem Telefon aus!« Er legte wieder auf. Zu albern. Endlich war er mit ihr allein, hatte es sich doch gewünscht, hatte sich die ganze Zeit vorgestellt, wie es mit ihr sein würde, und jetzt, statt sie zu umarmen, saß er da und spielte mit ihrem Telefon. »Klara, du weißt gar nicht, wie froh ich bin.«

»Sie sind froh? Weshalb denn?«

»Daß ich bei dir bin. Daß wir allein sind. Du gefällst mir. Ich habe noch nie...« Er rückte den Stuhl noch näher, jetzt brauchte er nur die Hand auszustrecken und konnte sie berühren. »Du bist die schönste Frau, die mir je begegnet ist.«

Sie beugte sich zu ihm und küßte ihn. Dann stand sie

auf. »Das ist nur so ein Gerede. Das sagen die Herren immer. Möchten Sie nicht was trinken?«

Während der zwei Wochen waren sie dreimal zusammen in einer Weinstube gewesen, er trank im allgemeinen nicht besonders viel, am Sonntag nach dem Mittagessen manchmal ein Bier, und betrank sich höchstens zu Silvester, und auch da nicht besonders. »Ich weiß nicht, immer trinken wir nur. Und jetzt, da wir endlich zusammen allein sind...«

»Ich trinke immer gern.« Sie ging zum Schrank. Ihre Jeans saß so knapp, daß er sie nackt zu sehen glaubte. Er sah sie so, wie er sie sich vom ersten Moment an vorgestellt hatte, und konnte es kaum fassen, daß er noch heute nacht mit ihr schlafen sollte. Als sie die knarrende Schranktür öffnete, erstarrte er. Der Schrank war vollgestopft mit den verschiedensten Sachen, zumeist ihren eigenen, von Tassen über Pullover bis zu einem Schlafrock, aber erstarrt war er wegen einer Rolle Stacheldraht, die den ganzen unteren Teil des Schrankes einnahm. Sie schob noch einen leeren Käfig beiseite und zog eine Flasche heraus. »Und ich möchte schrecklich gern tanzen.«

»Hier?« wunderte er sich.

»Der Tisch wird weggerückt«, erläuterte sie. »Wenn ich tanze, bin ich glücklich.«

Er hörte kaum hin. Sie hatte den Schrank nicht ganz geschlossen, und er sah den Rand der Rolle. Er konnte den Blick nicht davon wenden. »Klara«, sagte er so ruhig wie möglich, »du hast Stacheldraht im Haus?«

»Habe ich«, antwortete sie. »Na, wollen Sie tanzen?«

Er konnte kaum tanzen, und beim Gedanken, daß er sich in dieser Kammer drehen und wenden sollte, zwischen Ausguß und Bett, zwischen dem Blumentopf und dem Schrank mit den Käfigen und dem Stacheldraht, beschlich ihn ein Grauen.

»Nein«, sagte er. »Es ist schon spät, was würden die Nachbarn dazu sagen!«

Als sie das Haus betreten hatten, war dort irgendein Frauenzimmer in einem Schlafrock gestanden. Als hätte sie gewartet. Ein fremdes Frauenzimmer, sie konnte ihn nicht kennen, aber sie hatte sie beide mit hungrigem und starrem Blick verfolgt. Was tat sie jetzt? Bestimmt schlief sie noch nicht. Bestimmt wartete und lauschte sie.

»Hör mal, die in dem Schlafrock«, fing er an, »als wir ins Haus gekommen sind, was war das für eine?«

»Na, eine Frau halt«, sagte sie erstaunt. »Sie wohnt hier. Ich kann doch nicht jedes Frauenzimmer kennen, das hier wohnt.«

»Um Mitternacht im Schlafrock auf dem Gang!«

»Die steht oft dort. Vielleicht schaut sie nach wem aus.«

Vielleicht schaute sie nach ihm aus. Ein fremder Mann, der hier nichts zu suchen hatte. Urplötzlich, sobald er neben dieser Frau hier lag, würde sie klingeln. Falls sie nicht ohnehin einen Schlüssel besaß.

»Und du«, fragte er, »wie lange wohnst du schon hier?«

»Lange«, sagte sie. Im Ausguß lagen ein paar Gläser. Sie nahm zwei, spülte sie aus und schenkte Wein ein. »Heute muß ich trinken. Macht Ihnen doch nichts aus?« Sie setzte sich ihm gegenüber.

Sie hatte etwas kindlich Rührendes an sich. Plötzlich fühlte er sich erleichtert, er war sich so gut wie sicher, daß er von ihr nichts zu befürchten hatte. Er war gekommen, würde bald wieder gehen und wahrscheinlich nie wieder hierher kommen, seine Frau würde in zwei Tagen zurück sein, und damit war die Sache beendet, er würde dieses Zimmer, die Käfige, den Stacheldraht und die fremde Frau im Schlafrock vergessen. Aber jetzt befand er sich hier und war froh, bei diesem Mädchen zu sein, mit dem er schlafen wollte. Er nahm ihre Hand. »Trink nur, heute werden wir glücklich sein!«

»Dann trinken Sie doch auch was! Aber das ist keine gute Musik.« Sie stand auf, schaltete das Transistorradio aus, ging zum Schrank, schloß ihn ganz und drehte am Einschaltknopf des anderen Geräts.

»Klara, komm zu mir!« Er streckte die Hände nach ihr aus.

»Das Wasser kocht«, sagte sie. »Sie trinken doch bestimmt einen Kaffee.«

»Klara«, wiederholte er. Ungeduld befiel ihn, aber auch Müdigkeit. Um diese Zeit schlief er meistens schon. Seine Frau achtete darauf, daß er ein geregeltes und gesundes Leben führte. »Gut«, sagte er, »ich nehme einen Kaffee.« An seine Frau sollte er jetzt lieber nicht denken.

Sie nahm zwei Tassen aus dem Ausguß, spülte sie ab und schenkte ihm ein.

»Ich danke dir.« Er nahm seine Tasse in die rechte Hand, mit der linken streichelte er das Mädchen. »Ich will versuchen, so glücklich zu sein wie du. Ich werde an nichts anderes denken als an dich und unsere Liebe«, verkündete er entschlossen. »Es geschieht so selten, daß man an nichts anderes denken muß!«

»Und Sie müssen's nicht? Gerade jetzt müssen Sie's nicht?«

»Wie meinst du das?«

»Die Herren denken immer an etwas. Auch dabei.«

Er bemühte sich, die Ungezogenheit zu überhören. »So oft habe ich mir während der letzten Woche diesen Moment vorgestellt, Klara. Du bist schön«, sagte er. »Wie – wie ...« Er hatte die Kunst, sich Schmeicheleien auszudenken, schon vergessen. Mit seiner Frau liebte er sich wortlos. »Wie eine Blume.« Er stellte die Kaffeetasse ab. »Und du duftest wie – wie eine Blume.«

Das Telefon klingelte.

Sie griff nach dem Hörer. »Hallo«, sagte sie und lauschte. »Ja, ich weiß nicht ... Ich werde mal fragen.« Sie deckte die Sprechmuschel ab und flüsterte: »Ich glaube, es ist für Sie.«

Einen Moment lang überfiel ihn solches Entsetzen, daß er am liebsten aufgestanden und aus dieser Wohnung geflohen wäre. Aber er war nicht imstande, sich auch nur zu bewegen. »Für mich?« krächzte er. »Aber niemand weiß doch, daß ich hier bin! Niemand kann es wissen. Vor einer halben Stunde habe ich es selbst noch nicht gewußt, ich habe ja nicht mal gewußt, wo du wohnst!«

»Also gehen Sie doch ran«, forderte sie ihn ungeduldig auf.

Er nahm den Hörer, als wäre er verseucht. »Hallo«, sagte er mit erstickter Stimme.

Die Leitung war tot.

»Da ist ja niemand«, sagte er erleichtert.

»Vielleicht hat sie aufgelegt, wie Sie so lange überlegt haben.«

»Sie? Es war eine Frau?«

»Wer sollte Sie sonst anrufen, jetzt, nach Mitternacht?«

»Du meinst, es war meine Frau?«

»Wie soll ich das wissen? Ich habe noch nie mit Ihrer Frau gesprochen.«

»Sie kann doch nicht wissen, daß ich hier bin«, sagte er, vor allem zu sich selbst. »Das kann niemand wissen. Oder hast du jemandem gesagt, daß du mich einlädst?«

»Ach, denken Sie nicht mehr dran. Vielleicht war's gar nicht für Sie.«

»Ja.« Er griff nach dem Weinglas und trank. Seine Finger

zitterten. »Aber wer hat da angerufen? Hat sie sich vorgestellt?«

»Ach, denken Sie nicht dran. Herren werden doch oft am Telefon verlangt. Auch in der Nacht. Weil die Herren Pflichten haben.«

»Klara, warum sprichst du so? Und du hast gesagt, es war eine Frau.«

»Herren haben doch Frauen. Auch in der Nacht. Auch wenn sie nicht bei ihnen sind.«

»Von was für Männern sprichst du?«

»Ach, ärgern Sie sich nicht.« Sie strich ihm über die Wangen. »Und denken Sie nicht mehr dran. Sie wollten doch heute abend glücklich sein.«

Er nickte.

Ihre Finger berührten ihn sacht und beschwichtigten seine Ängste.

»Klara«, flüsterte er, »als ich dich das erste Mal gesehen habe, damals, in dem Zug, da warst du für mich wie eine Offenbarung. Das lange Haar, deine Schlankheit – du bist mir vorgekommen wie eine Elfe.« Er setzte sich neben sie und schloß sie in die Arme. »Klara«, flüsterte er erregt, »Klara, Liebes…« Er war an die ruhigen und vertrauten Nettigkeiten seiner Frau gewöhnt. Dieses Mädchen hatte ihn mit diesen sonderbaren Reden vom ersten Augenblick an abgestoßen und angezogen. »Klara«, flüsterte er, »ich wollte dir schon immer sagen: Als ich dich zum erstenmal erblickt habe, da warst du für mich wie – wie eine Offenbarung.« Sie war klein und zierlich, sie verschwand fast in seiner Umarmung.

»Warten Sie.« Sie entwand sich seinen Armen und zog den Pullover aus.

Er schaute ihr zu, jede ihrer Bewegungen erregte ihn.

Vielleicht liebte er sie wirklich, da er sich nun mal entschlossen hatte, zu ihr zu kommen.

»Einmal habe ich einen Herrn gekannt«, erzählte sie, »wir sind zusammen weggefahren, bis nach … Die Stadt hat so komisch geheißen, der Name fällt mir nicht mehr ein, und es war in Italien, wir haben nicht weit vom Meer gewohnt. Und dort im Hotel hat bis früh die Musik gespielt, und auf dem Fußboden sind Eidechsen herumgelaufen. Und hinterher, gegen Morgen, wenn wir diese Sachen nicht mehr machen konnten, sind wir manchmal ins Lokal hinuntergegangen und haben dort noch getanzt.«

Warum erzählte sie ihm das gerade jetzt? Wollte sie ihn eifersüchtig machen? Und er wurde tatsächlich eifersüchtig. Weniger auf den fremden Mann, als vielmehr auf die besondere Situation, die ihr für immer im Gedächtnis geblieben war, wohingegen der heutige Abend für sie vermutlich ein ganz gewöhnlicher, dem Vergessen vorbestimmter Abend bleiben würde.

»Einmal werde ich dich auch wohin mitnehmen«, sagte er plötzlich. »Wir werden zusammen wegfahren, und dann bleiben wir irgendwo – ohne diese Käfige, und lange werden wir dort bleiben…« Er erschrak über die Versprechungen, die ihm wie ganz von selbst von den Lippen flossen.

Sie war noch immer halb angezogen, das blonde Haar hing ihr fast bis zur Taille. Sie drehte sich zu ihm um und lächelte geistesabwesend. »Erzählen Sie nur«, forderte sie ihn auf. »Ich höre so was gern.« Aber er schwieg, und sie sprach selbst weiter: »Und wenn die Musik aufgehört hat, sind wir hinausgelaufen, es war vielleicht noch nicht mal richtig hell, aber das Wasser war ganz warm, und dann haben wir uns auch noch dort im Sand…« Sie stockte. »Denken Sie nicht schlecht von mir, das ist nur, wenn ich jemanden gern habe ... Das ist doch richtig, daß man sich liebt, wenn man jemanden gern hat?«

Er nickte müde.

»Ich würde nie etwas Schlechtes tun«, sagte sie. »Das muß schrecklich sein, neben jemandem aufwachen, den man nicht mehr liebt, und so tun, als ob man ihn liebt!« Sie rieb sich die Hände mit Creme ein. Dann knipste sie das Lämpchen über dem Bett an und löschte das große Licht. »Wenn Sie ein bißchen aufstehen wollten, könnte ich das Bett machen.«

»Ja, gewiß.« Ihre Sachlichkeit bestürzte ihn. Er stand auf und sagte: »Klara, ich liebe dich.« Er wußte nicht, wo er sich hinstellen sollte, aber ausziehen sollte er sich. Doch wohin mit den Kleidern? Der Raum war voll von Käfigen, Drähten und Radiogeräten. Verstecken konnte man sich nirgends. Immerhin wandte sie ihm den Rücken zu, während sie das Bett machte.

Sie schlüpfte unter die Decke, und er tat es ihr gleich. »Klara, Klara«, wiederholte er wie eine Zauberformel. Sie hielt die Augen geschlossen, ihr Gesicht wirkte wie eine Skulptur. Eine schöne Skulptur. Er küßte sie auf die geschlossenen Augen.

In diesem Moment – es klang wie eine Stimme aus einer anderen Welt, röchelnd und erstickt, dabei ganz nah, dicht hinter der Wand, an der sie lagen – rief jemand ihren Namen. Es war so unwirklich und bestürzend, daß er zunächst dachte, er sei einer Täuschung erlegen. Erst als die Stimme stöhnend noch einmal rief, wurde ihm klar, daß er betrogen worden war, daß man ihn in eine Falle gelockt hatte, um ihn erpressen, um ihn erniedrigen und vernichten zu können. Er spürte, wie ihm überall kalter Schweiß ausbrach. »Wer ruft dich da?« Er erschrak vor seiner eigenen angstbebenden Stimme.

145

»Achten Sie nicht drauf«, sagte sie. »Der Doktor hat sich verspätet. Er hätte schon sein Morphium kriegen sollen.«

»Wer hätte Morphium kriegen sollen?« Aber er spürte, wie die Hoffnung rasch wiederkehrte, daß die Falle nicht ihm gegolten hatte.

»Na, so ein Kranker. Achten Sie nicht auf den. Er wohnt nur noch hier.«

»Klara!« schrie er fast. »Hier wohnt noch jemand?«

»Und manchmal ruft er mich. Wenn er etwas braucht«, leierte sie gelassen herunter, ohne ihn dabei anzusehen. »Aber angeblich dauert es nicht mehr lange. Bald braucht er nichts mehr.«

»Wer braucht bald nichts mehr?«

»Wir haben uns mal kennengelernt.« Endlich sah sie ihn an, nahm ihn aber kaum wahr. »Er war so einsam, hatte keinen Menschen. Aber jetzt ... Er weiß gar nichts von uns, jetzt wartet er nur noch auf den Doktor mit der Spritze.«

Die Erleichterung, die er spürte, war so stark, daß er sie heftig umarmte. »Hast du ihn geliebt?«

»Wir haben uns geliebt.«

»Klara, das ist aber ...« Er hielt sie umschlungen. Der Andere hinter der Wand war verstummt. Jetzt hätte er sie küssen, sie nehmen können, doch ihm war nicht nach Lieben zumute. Er stand auf – es war kalt im Raum, aber es war ihm peinlich, sich anzuziehen, er wußte eigentlich nicht, was er tun sollte. So eine Situation hatte er nicht erwartet. Warum war er nicht zu Hause geblieben? Warum hatte er sich von diesem fremden Mädchen verführen lassen? Man soll seinen Grundsätzen treu bleiben. Er blieb vor der riesigen Topfpflanze stehen.

Sie beobachtete ihn. »Vorsicht, fassen Sie die Blüte nicht an!«

»Warum nicht?«

»Sie blüht nur einmal und stirbt dann. Und Sie könnten nie mehr glücklich sein. Ich auch nicht. Weil wir hier zusammen sind.«

»Klara.« Er mußte Zeit gewinnen. »Vielleicht solltest du zu ihm hinübergehen, wenn er dich ruft. Wenn er krank ist. Vielleicht braucht er etwas.«

»Wenn Sie meinen...« Sie stand auf. Sie war schön in ihrer Nacktheit, fast hätte er gesagt: hold, wenn dieses Wort in diesem Loch nicht gar zu gewählt geklungen hätte, er wandte sich lieber ab. Sie warf sich sein Hemd über und ging hinaus.

Er zog sich wenigstens die Hose an. Er konnte nicht hierbleiben, wenn noch ein Dritter da war. Er konnte aber auch nicht halbnackt weggehen. Er zitterte vor Kälte und wartete.

Das Telefon klingelte. Es hätte genügt, die Hand auszustrecken, aber er rührte sich nicht. Es war halb eins. Das Telefon klingelte.

Endlich kam sie herein, nahm ein Glas aus dem Ausguß und füllte es mit Wasser. »Warum heben Sie nicht ab?« fragte sie auf der Schwelle. »Das ist bestimmt für Sie. Mich ruft jetzt niemand an.«

»Klara, du weißt doch, daß mich niemand... daß niemand wissen kann...«

Das Telefon klingelte weiter. Er hatte nie geahnt, welches Grauen allein das Klingeln eines Telefons bewirken konnte. Jemand verfolgt mich, kam ihm in den Sinn. Jemand hat mich gesehen, und jetzt verfolgt er mich. Vielleicht will jemand meine Stimme aufnehmen. Vielleicht will er meine Stimme auf Tonband aufnehmen. Vielleicht, entsetzte er sich, hat es jemand schon geschafft, meine Frau zu verständigen, und sie überprüft jetzt, ob die Beschuldigung zutrifft.

Sie trat wieder ein, huschte an ihm vorbei und hob den Hörer ab. »Natürlich war es für Sie«, sagte sie, nachdem sie aufgelegt hatte.

»Wieso weißt du das?« schrie er. »Wer war es?«

»Keine Ahnung. Er hat aufgelegt, als er mich gehört hat.«

»Aber das heißt doch nicht...« Er faßte sich an den Kopf. »Klara«, sagte er, »warum quälst du mich?«

»Er wollte nur trinken, wir können wieder...« Sie zeigte aufs Bett. »Er hatte sowieso drei Gläser dort.«

»Drei Gläser«, plapperte er ihr nach. »Was macht er jetzt?«

»Keine Ahnung«, sagte sie. »Vielleicht schläft er. Wenn er nicht zu große Schmerzen hat. Aber denken Sie nicht an ihn. Er wohnt nur noch hier. Und manchmal ruft er. So wie jetzt.«

»Hat er große Schmerzen?«

»Manchmal schreit er die ganze Nacht. Wenn er nicht rechtzeitig Morphium bekommt.«

»Sprich nicht so laut«, sagte er, »er muß dich ja hören.« Plötzlich war es ihm eingefallen. »Der Mann weiß alles von uns ... Er weiß, daß ich hier bin, er hat alles gehört, was ich zu dir gesagt habe.«

»Keine Angst. Der sagt es sowieso nicht weiter.«

»Wie meinst du das?«

»Der wird nicht mehr lange da sein. Der Doktor hat's gesagt.«

»Um Gottes willen, schrei nicht so!«

Sie setzte sich aufs Bett und reckte sich nach dem Weinglas. Sein Hemd war ihr zu groß. Sie hatte es nicht zugeknöpft, es verrutschte und entblößte eine ihrer Brüste. »Wollen Sie nicht auch etwas trinken? Setzen Sie sich wenigstens, so setzen Sie sich doch!« forderte sie ihn gereizt auf.

Er setzte sich neben sie und berührte die nackte Brust. Sämtliche Denunziationen, an die er sich erinnern konnte, gingen ihm durch den Kopf. Ihn selbst, obwohl er immer so penibel und redlich gewesen war, hatten seine eigenen Schüler angezeigt, so daß er jahrelang nicht hatte unterrichten dürfen. »Jeder kann etwas weitersagen, Klara. Du weißt nicht, was die Leute alles weitersagen können. Auch die, von denen man es nie erwarten würde. Wir sollten nicht hierbleiben.«

»Sie wollen woanders hingehen? Jetzt in der Nacht?«

»Ja.« Seine Hand lag noch immer auf ihrer Brust. »Mit dir«, fügte er rasch hinzu. »Ich bringe dich weg aus dieser schrecklichen Wohnung. Weg von den Drähten und den Käfigen. Wozu sind die Käfige eigentlich da?«

»Das sind seine Käfige«, sagte sie.

»Wessen Käfige?«

Sie deutete auf die Wand. »Denken Sie nicht mehr dran.« Sie zog endlich sein Hemd aus, ließ es neben dem Bett auf den Boden fallen und kuschelte sich unter die Decke.

Er setzte sich auf den Bettrand. »Und warum sind sie leer?«

»Er hat Vögel gekauft, und dann hat er sie wieder freigelassen. Er hat die Käfige zum Fenster getragen und gesagt: Fliegt davon, Vögelchen!« Sie seufzte. »Denken Sie nicht mehr dran. Das ist schon lange her.«

Der Mann hinter der Wand begann zu husten. Er hustete lange und angestrengt, als würde er nie mehr aufhören.

»Das hat er vom Rauchen«, sagte sie. »Krebs. Er hat sich eine an der anderen angezündet.«

»Er hat Krebs?« fragte er flüsternd.

Sie nickte.

»Wie kannst du das so laut sagen? Was, wenn er dich gehört hat?«

»Er weiß es ja.«

»Du hast es ihm gesagt?«

»Sie hätten ihn operiert«, sagte sie, »aber sie konnten nicht. Sein Herz ist völlig kaputt.«

»Das ist schrecklich.«

»Denken Sie nicht dran.« Sie reichte ihm ein Glas. »Es gibt Dinge, an die darf man nicht denken.«

Er trank das Glas bis auf den Grund leer. Ja, sie hatte recht. Nicht denken, an nichts denken, nur daran, daß er hier neben ihr lag. »Nein«, sagte er laut, »das bringe ich nicht fertig. Der Mensch hat doch schließlich ein Gewissen.«

»Was ist das?«

»Aber Klara«, sagte er müde.

»Ich weiß es wirklich nicht.«

»Gewissen – das ist eine innere Stimme, die sich meldet.« Seine innere Stimme hatte sich schon gemeldet, als er hier eingetreten war. Sie hatte ihn aufgefordert wegzugehen, weg von dieser Frau, zu der er nicht gehörte, und zu der Frau zurückzukehren, zu der er eben gehörte. Schade, daß er ihr nicht gehorcht hatte.

»Aha«, sagte sie. »Wirklich, manchmal, wenn er mich ruft, kommt es mir vor, als ob da gar kein lebendiger Mensch ruft, daß es meine eigene Stimme ist. Daß ich mich selbst rufe: Klara, das tut weh! Und ich spüre den Schmerz, wie er mir die Lunge zusammendrückt.«

Er hörte ihr nicht zu, er lauschte seinen eigenen Befürchtungen. »Wie heißt er?«

»Denken Sie nicht mehr an ihn!«

»Vielleicht kenne ich ihn!«

Sie schwieg, und er spürte abermals ein Grauen in sich aufsteigen. »So sag schon!«

»Ich habe Leo zu ihm gesagt.«

»Leo, Leo«, wiederholte er erleichtert. Er erinnerte sich an niemanden dieses Namens. »Und wie noch?«

Sie zuckte die Achseln.

»Klara!« schrie er fast. »Du mußt doch wissen, wie er noch heißt?«

»Ach, denken Sie nicht mehr an ihn!«

»Klara«, sagte er flehend.

»Ja?«

Er vergrub den Kopf in den Händen. Ihm war, als phantasierte er, als gäbe es das alles gar nicht. Er mußte aufwachen. Die Augen öffnen und neben sich die Hand der eigenen Frau ertasten. Er hörte, wie sie neben ihm wieder einschenkte. Sie berührte seine nackte Schulter und reichte ihm das Glas. »Trinken Sie und denken Sie nicht mehr an ihn. Er weiß sowieso von nichts.«

Er leerte das Glas, endlich überkam ihn eine besänftigende Trunkenheit. »Klara«, sagte er, »eigentlich bin ich ein Dummkopf. Endlich bin ich bei dir, und anstatt mich ... Gott«, sagte er mit plötzlicher Einsicht, »was bin ich für ein Dummkopf!« Er umarmte sie und versuchte, aus diesem Raum und aus seinem Leben zu schlüpfen, aus diesem Leben voll sorgsamer Redlichkeit, und nur den Körper wahrzunehmen, den er umarmte. Dann merkte er, wie etwas schneidend Scharfes in seine Entrücktheit eindrang.

Eine Klingel schrillte.

»Was ist das?« fuhr er hoch.

»Es klingelt.« Sie löste sich aus seiner Umarmung und stand auf.

»Jetzt? Um ein Uhr nachts?«

»Es klingelt aber!«

Da kam ihm ein entsetzlicher Gedanke: Sie hatte ihn doch betrogen, ihn in eine Falle gelockt. »Klara, wer wohnt noch hier?«

»Keine Ahnung«, sagte sie. »Mir nicht bekannt, daß noch wer hier wohnt.« Sie öffnete den Schrank und nahm den Schlafrock heraus, der ihr ganz offensichtlich nicht gehörte.

»Du wirst doch nicht aufmachen? Jetzt – wenn ich hier bin?«

Sie krempelte sich die langen Ärmel auf. »Und wenn es eine gute Nachricht ist?«

»Eine gute Nachricht?« rief er verzweifelt. »Um ein Uhr in der Nacht!«

»Vielleicht hat sich irgendein Herr in Amerika an mich erinnert und lädt mich ein. Dort ist es doch nicht ein Uhr in der Nacht.«

Die Klingel ertönte abermals.

»Klara.« Er sprang aus dem Bett und faßte sie an der Schulter. »Mach nicht auf, ich flehe dich an!«

»Es könnte ja auch ein Telegramm für Sie sein.«

»Ein Telegramm für mich?«

»Weil sie Sie telefonisch nicht erreicht hat. Es kann auch der Doktor sein!« Sie riß sich von ihm los.

Er lief ihr nach, er konnte ja nicht gut tätlich werden, wenn jemand vor der Wohnungstür stand. Er schloß wenigstens die Vorzimmertür, hob sein Hemd vom Boden auf und begann sich hastig anzuziehen.

Als sie wieder hereinkam, saß er schon tadellos angekleidet da, ein ordentlicher Gast mit Krawatte und zugeknöpftem Sakko.

»Wer war das?« fragte er.

»Sie sind schon angezogen«, stellte sie fest. »Sie wollen schon gehen?«

»Deinetwegen«, sagte er. »Ich konnte ja nicht wissen, ob nicht wer hereinkommt. Wer war das?«

»Das Frauenzimmer, das dort gestanden ist, wie wir gekommen sind. Die im Schlafrock auf dem Gang.«

»Was hat sie gewollt, jetzt um ein Uhr in der Nacht?«

»Sie hat gefragt, ob der Doktor da war.«

»Wozu braucht sie den Doktor?«

Sie zuckte die Achseln. »Vielleicht hat sie auch eine Spritze gewollt.« Sie kuschelte sich in den weiten Schlafrock, der offenbar dem Mann namens Leo gehörte. »Möchten Sie noch einen Kaffee?« fragte sie. Dann schaltete sie das Transistorradio neben dem Kocher ein.

»Was für eine Spritze?«

»Morphium halt«, sagte sie und füllte Wasser in die Kanne.

»Aber sie kann doch kein Morphium bekommen, wenn sie keine Schmerzen hat!«

»Vielleicht hat sie welche, woher wissen Sie, daß ihr nichts wehtut?« Sie setzte sich aufs Bett und sah ihn an. Sie hatte dunkle Augen, Augen wie eine Inderin, eine blonde Inderin, hatte er gedacht, als er sie zum erstenmal sah, als er den Blick nicht von ihr wenden konnte.

»Klara, die Spritze ist doch für den Mann mit dem Krebs bestimmt.«

»Ja«, sagte sie. »Aber warum wartet sie dann jede Nacht auf den Doktor?«

»Aber der Doktor würde doch –«

»Der Doktor ist auch nur ein Mensch. Denken Sie nicht mehr dran.«

»Klara!« brauste er auf. »Du mußt doch wissen, ob der Doktor die Injektion dem Mann da nebenan gibt!«

»Ach, denken Sie nicht mehr dran. Das ist nicht Ihre Sorge.«

»Das ist widerlich. Widerlich«, wiederholte er.

Sie schenkte den Rest des Weins in sein Glas ein. »Trinken Sie«, sagte sie. »Sie müssen was trinken.«

Er nahm das Glas, zögerte eine Weile, dann trank er.

»Klara«, sagte er, »was geht hier vor? Er verkauft ihr das Morphium?«

»Denken Sie nicht mehr dran. Ich weiß nicht, wer was verkauft. Er wohnt nur noch hier. Manchmal bringe ich ihm Wasser und Essen. Aber er wohnt nur noch hier.«

»Wer kümmert sich um ihn?« fragte er. »Es muß sich doch jemand um ihn kümmern?«

»Trinken Sie was und denken Sie nicht mehr an ihn. Erzählen Sie mir was. Beim erstenmal haben Sie mir so viel erzählt.«

»Ja, beim erstenmal, mir ist, als wäre das schon lange her. Mindestens ein Jahr...«

Auf dem Bord über dem Bett schrillte die Klingel.

»Erzählen Sie weiter«, forderte sie ihn auf. »Heut hab ich's nötig.«

»Kann ich denn?« rief er aus. »Hörst du nicht? Das Telefon!«

»Ach, lassen Sie's klingeln!«

»Es klingeln lassen? Vielleicht ist es die gute Nachricht für dich.«

»Gute Nachrichten kommen nicht übers Telefon.«

Ihre Logik war nicht von seiner Welt. »Und wenn's der Doktor ist?«

»Was für ein Doktor?« fragte sie verwundert.

»Mein Gott!« rief er. »Von wem reden wir denn den ganzen Abend? Der mit dem Morphium!«

»Der? Der ist das nicht.«

Das Telefon klingelte.

»Klara«, stöhnte er.

»Gut«, sagte sie. Sie griff nach dem Hörer. »Hallo«, rief sie. »Ja, ich werde ihn fragen.« Sie drehte sich zu ihm um. »Sie will wissen, wie lange Sie noch hierbleiben.« Dabei deckte sie die Muschel mit der Hand ab.

»Wer will das wissen?« schrie er.

»Die Frau, die Sie dauernd anruft«, teilte sie ihm gelassen mit.

»Leg sofort auf!« befahl er. »Ich bin nicht da. Ich war nie da.«

»Er ist nicht da«, gab sie durch. »Er sagt, er war nie da.« Sie legte auf.

»Wer war das?« fragte er erschöpft. »Hat sie sich vorgestellt?«

»Ja.«

»Wie heißt sie?« Die Erregung schnürte ihm die Kehle zu.

»Ich habe den Namen nicht verstanden.«

Er griff nach dem Glas und leerte es bis auf den Grund. Das Wasser auf dem Kocher siedete schon längst, und aus dem Transistorradio quoll unaufhörlich Musik, die sie anscheinend gar nicht hörte.

»Läßt sich das Telefon nicht abstellen?« fragte er.

»Doch.« Sie griff nach dem Kabel.

»Oder – laß sein. Ich gehe sowieso gleich. Und sollte jemand anrufen…«

»Mich ruft niemand an.«

»Der Doktor vielleicht.«

»Der ruft nicht mehr an.«

»Du hast doch gesagt, er kommt!«

»Jetzt nicht mehr«, sagte sie ruhig. »Jetzt schläft er schon. Der hat sich's schon selbst eingespritzt.« Sie stand auf und schaltete den Kocher aus.

»Das ist unmöglich«, schrie er. »Das tut doch kein – Arzt!«

Sie stellte eine Tasse Kaffee vor ihn hin. »Denken Sie nicht mehr dran.«

Er wußte, daß er aufstehen sollte, sofort aufstehen und

diese Wohnung verlassen, aus diesem Abend entfliehen, aus dieser entsetzlichen, fremden Welt, aus dieser anderen Welt, in die er doch nicht gehörte, aber statt dessen blieb er sitzen und wartete, so als hielte diese Fremdheit ihn fest.

»Könntest du die Musik ausschalten?« fragte er.

»Die stört Sie?« Sie blickte erstaunt zu ihm auf und drehte das Radio ab. »Es war nette Musik«, meinte sie, »und jetzt ist es still hier.«

»Der Stille entrinnst du nicht, wenn sie in dir ist«, sagte er, »wenn nicht die Stimmen des Gewissens in dir klingen.« In seinem Kopf breitete sich wohlige, befreiende Trunkenheit aus, er hatte das Bedürfnis zu sprechen. »Aber in dir ist sie nicht«, sagte er, »in dir ist keine Stille. Als ich dich zum erstenmal erblickte, als ich deine Augen gesehen habe – deine indianischen, deine indischen Augen, da habe ich gemerkt, daß in dir Stimmen klingen, Klara, ich kenne mich da ein bißchen aus, ich glaube es, ich weiß es, deine Augen haben dich verraten, Klara, deine Augen sprechen nämlich. Du sträubst dich nur, deine innere Stimme zu hören, die Stimme Gottes, die in dir klingt, so ist das.«

»Aber ich höre sie, die Stimme von meinem Gott«, wandte sie ein. »Und manchmal bete ich zu ihm. Abends, wenn ich allein bin, lege ich mich hin, falte die Hände und bete.«

»Du betest, Klara?« wunderte er sich.

Sie erhob sich, legte sich aufs Bett, faltete die Hände und schloß die Augen. »Mein braver Gott«, murmelte sie, »ich weiß nicht weiter. Ich bin einsam. Mach, daß Klara wenigstens ein bißchen glücklich ist, daß alle glücklich sind, die sie geliebt haben. Daß sie wenigstens nicht leiden.« Sie richtete sich auf. »Und der liebe Gott schaut mich an und macht, daß ich wenigstens ein bißchen glücklich bin, daß auch die glücklich sind, die ich geliebt habe.«

»Für den dort hast du auch gebetet?« Er deutete auf die Wand.

»Ja. Das ist doch nicht meine Schuld, daß er die Krankheit bekommen hat. Er hatte sie schon. Er hat sie von dort mitgebracht.«

»Von wo?«

Hinter der Wand knarrte das Bett. Die Stimme artikulierte kaum mehr Wörter. Schmerz lag darin und, mehr noch, Grauen.

»Er ruft dich«, sagte er.

»Gehen Sie hin«, forderte sie ihn auf. »Vielleicht freut er sich, wenn er Sie sieht.«

»Er wird sich freuen, wenn er mich sieht?«

»Er wird sich freuen, wenn er ein neues Gesicht sieht«, sagte sie. »Und Sie hören wenigstens, was von dort zu hören ist.«

»Ich finde nicht hin.« Er war sich der Plumpheit dieser Ausrede bewußt. Er stand auf und taumelte zur Tür. »Ich bin ein bißchen betrunken, Klara. Aber ich gehe hin, weil ich dich liebhabe. Und was, wenn er vor mir Angst hat?«

»Der hat keine Angst vor Ihnen. Der sieht Sie gar nicht. Es ist finster dort.«

Auf dem Kleiderständer hing sein Mantel und sein Hut. Einen Moment lang weidete er sich an dem Gedanken, sich jetzt leise anzuziehen und davonzustehlen. Er wollte sie jedoch nicht verlassen, ohne mit ihr geschlafen zu haben, schließlich war er deswegen gekommen. Er torkelte ins Vorzimmer. Aus dem Raum hinter ihm plärrte schon wieder ein Schlager. Hinter der Tür des anderen Zimmers, die er jetzt erst wahrnahm, wurde laut geatmet.

Er drückte ein wenig die Brust heraus. Die Tür war so abgewetzt, daß er das blanke Holz ertastete, über der Tür brannte eine Glühbirne, die früher einmal, Gott weiß, warum, blau angestrichen worden war. Er klopfte an.

Es war natürlich unsinnig, anzuklopfen, wenn der Mann sowieso jemanden zu sich rief, er öffnete also.

Aus dem Zimmer drang übelriechende Luft. Der Raum war so klein, daß nicht mehr darin Platz fand als ein Bett und ein Stuhl. Er tastete nach dem Schalter und schaltete das trübe Licht ein.

Der Mann lag auf einem schmutzigen Lager, hielt die Augen geschlossen und atmete stoßweise. Nach jedem Ausatmen folgte eine so lange Pause, als würde er nie wieder einatmen.

Am liebsten hätte er aufgeschrien, aber er blieb nur reglos stehen. Er schaute die abgezehrten Finger an, die sich auf der angegrauten Bettdecke krampfhaft öffneten und schlossen. »Möchten Sie etwas?« fragte er. »Brauchen Sie etwas?«

Auf dem Stuhl neben dem Bett standen einige gefüllte Wassergläser. Vielleicht hörte ihn der Mann und nahm ihn noch wahr, er öffnete jedenfalls die Augen und starrte den Fremden an. Dann bewegte er die Lippen und gab einen sonderbaren Laut von sich. Es klang wie »Rat« oder so ähnlich, und dabei starrte er immer noch den fremden Mann an, der vor diesem Blick zur Tür zurückwich.

Im Vorzimmer lehnte er sich an den Kleiderständer und rang nach Luft.

Klara lag mit gefalteten Händen auf dem Bett, vielleicht betete sie wieder zu ihrem Gott.

»Klara«, sagte er, »dieser Mann, es ist furchtbar, da muß sofort ein Arzt her.«

»Der kommt nicht mehr«, sagte sie. »Was hat er gewollt?«

»Ich weiß nicht, ich weiß nur, daß ein Arzt kommen

muß.« Dann fiel ihm das sonderbare Wort ein. »Rat«, sagte er, »er wollte einen Rat.«

»Draht«, verbesserte sie, »er will immer Draht.«

»Draht? Wozu denn Draht?«

»Ach, denken Sie nicht dran. Sie zittern ja am ganzen Leib!«

»Klara, Liebste«, sagte er, »du weißt, daß ich dich liebe.«

»Ja, das haben Sie mir schon gesagt.«

»Wozu braucht der Mann Draht?«

»Er will wohl, ich soll ihn so um ihn herum aufspannen. Damit er sieht, daß er nicht weg kann. Manchmal will er, ich soll den Hund bringen ... Er kann schon – er ist schon nicht mehr richtig im Kopf.«

»Den Hund?« wiederholte er. »Den Hund?«

»Die sind dort auch von Hunden bewacht worden.«

»Der Mann war eingesperrt?«

»Denken Sie nicht dran. Warum denken Sie immerzu dran?«

»Klara! Wann war er eingesperrt?«

»Ich weiß nicht, ich habe ihn nie gefragt. Vielleicht im Krieg, vielleicht jetzt. Vielleicht im Krieg und jetzt.«

»Aber er – er hat doch...« Er brach ab. »Weshalb hat man ihn eingesperrt, Klara?«

»Was weiß ich, weshalb man die Leute eingesperrt hat! Vielleicht hat er was angestellt, vielleicht auch nicht.«

»Du hast ihn doch geliebt«, sagte er verzweifelt.

»Wir haben uns geliebt.«

»Hast du ihn denn nicht gefragt, weshalb man ihn eingesperrt hat?«

»Warum? Von so was haben wir nicht gesprochen.«

Er sah, daß ihr Gesicht von Müdigkeit gezeichnet war, sie hatte die Augen halb geschlossen. Gott weiß, wie lange sie hier mit diesem Menschen gelitten hatte, und er fragte sie aus wie vor Gericht.

»Hast du nicht noch etwas zu trinken?« fragte er.

»Ja«, sagte sie erleichtert, »ich sehe mal nach.« Sie öffnete den Schrank, und er erblickte abermals die Rolle Draht, er hatte überhaupt nur etwas zu trinken verlangt, um sie noch einmal zu Gesicht zu bekommen: eine Rolle Stacheldraht, glanzlos und absurd, in einem Schrank voller Wäsche und Flaschen.

Während sie ihm aus der neuen Flasche eingoß, rief der Mann schon wieder nach ihr. Sie hörte es anscheinend nicht. Sie schenkte auch sich selbst ein und leerte das Glas auf einen Zug.

»Klara.« Er berührte ihre Hand. »Er ruft dich.«

»Er will, daß Sie ihm den Draht bringen.«

»Ich?«

»Er hat ihn doch von Ihnen verlangt!«

»Aber jetzt ruft er dich.«

»Er weiß nicht, wie Sie heißen«, wandte sie ein. »Er ruft immer nur mich. Als hätte er schon alle anderen vergessen, außer mir. Und an die Hunde erinnert er sich noch.«

»Klara«, sagte er, »es ist alles so schrecklich. Wie kannst du so leben?«

»Sie leben auch«, sagte sie. »Oder nicht?«

»Aber das ist doch etwas anderes!« Er stockte. Der Mann rief noch immer.

Sie stand auf und ging zum Schrank. »Sie gehen also nicht?« Sie bückte sich und nahm äußerst vorsichtig, aber auch geübt, die Drahtrolle heraus.

»Klara!« schrie er. »Das kannst du doch nicht machen, das ist doch Irrsinn!«

»Vielleicht will er nur drüberspringen. Deshalb hat er ihn hier gehabt. Damit er drüberspringen kann, wann er will.«

»Klara«, sagte er, »das darfst du nicht!«

»Warum?«

Er faßte sie an der Hand, die klein war und schwach. »Laß den Draht los«, befahl er. Er versuchte, ihr die Rolle zu entwinden, er zerkratzte sich dabei. Dann lag die Rolle auf dem Boden, lag auf dem Teppich, auf der alten, fadenscheinigen Brücke in der Mitte des Zimmers.

Der Kranke im Nebenzimmer rief noch immer.

»Klara«, sagte er leise, »wir können ihn doch nicht einfach so ... Vielleicht solltest du – vielleicht will er wirklich etwas.«

»Er will den Draht«, sagte sie. »Oder wenigstens einen Hund. Der nicht beißt.«

»Aber du hast doch keinen Hund!«

»Dann müssen halt Sie gehen und bellen.«

Er erstarrte. »Ich soll gehen und bellen?«

»Er will Hunde bellen hören«, sagte sie. »Früher hat er das nicht gewollt. Solange wir uns geliebt haben. Erst jetzt.«

»Gehen und bellen«, wiederholte er, »gehen und bellen!«

»Also entweder Sie gehen, oder Sie denken nicht dran.«

Er stand auf. Er nahm die Flasche und schenkte sich selbst ein. Nachdem er das Glas ausgetrunken hatte, sagte er: »Herkommen und bellen. Klara, ich komme zu dir und soll bellen! Sonst nichts.« Er trank noch ein Glas. »Soll ich mich dazu entkleiden? Oder mit umgebundenem Schlips bellen?« Er band sich die Krawatte ab und zog Jackett und Hemd aus. Er lachte. Er sah sich im Geiste auf allen vieren nackt in dem schmutzigen Vorzimmer herumkriechen, von blauem Licht übergossen, haarig, mit gefletschten Zähnen. Nur der Schwanz fehlt mir noch, dachte er. Obwohl ... Und er lachte abermals.

»Auf allen vieren oder aufrecht?« fragte er.

»Der sieht Sie sowieso nicht«, sagte sie. »Wenn Sie kein Licht machen.«

»Also, ich gehe, Klara.« Er befand sich abermals im Vorzimmer, die Tür zum anderen Zimmer hatte er vorhin einen Spalt breit offen gelassen, aber in der Kammer war es so finster, daß nichts zu sehen war außer einem Zipfel des weißen Lakens.

Er war immer auf Würde bedacht; wenn er die Klasse betrat, mußten alle verstummen und in Habtachtstellung dastehen. Während des Unterrichts hätte niemand gewagt, irgendeinen unschicklichen, geschweige denn einen tierischen Laut von sich zu geben.

Jetzt ließ er sich langsam auf die Knie nieder. Ich mache das für eine gute Sache. Der Mann, der arme Mann hatte wohl vor lauter Leiden den Verstand verloren und verlangte gerade danach, nach etwas, was er nicht verstand, nicht begreifen konnte, weil er das, was dieser Unglücksmensch erlebt hatte, nicht kannte.

Aus dem Zimmer, das er eben erst verlassen hatte, drang wieder Musik, aber jetzt war es kein Schlager, sondern irgendein Orgelkonzert, vielleicht sogar Bach, es freute ihn, daß gerade in diesem Moment so erhabene Klänge ertönten, er ließ sich auf die Vorderpfoten nieder, dann hob er das Kinn und bellte, wie er als Kind fremde Hunde hinter Zäunen angebellt hatte.

Er hörte dieses Bellen, als käme es gar nicht aus seinem eigenen Mund. Ihn schauderte fast. Er hockte auf allen vieren und wartete, ob sich der Laut nicht noch einmal wiederholen würde. Aber im Vorzimmer herrschte jetzt Stille, beeinträchtigt – oder eher vervielfacht – vom Klang der Orgel.

Er stand mühsam auf. Der Kopf drehte sich ihm, und

auch sein Magen rebellierte. Er öffnete die letzte, bislang ungeöffnete Tür. Die Klosettschüssel war angeschlagen, das Brett abgerissen. Er lehnte sich mit dem Rücken an die Wand und beugte sich vor. Eine Weile wippte er in den Knien. Draht, entsann er sich. Er wollte Draht, und ich habe ihn angebellt, den Leo. Er lachte leise. Vielleicht bellt mich auch jemand an, wenn ich mal...

Sie lag auf dem Bett und hielt die Augen geschlossen, als er hereinkam. Er wischte sich über den Mund, sah, daß dieses fremde Mädchen Schatten unter den Augen hatte, tiefe und dunkle Schatten wie ein Mensch, der unsagbar müde ist, wie ein Mensch am Rande der Erschöpfung. Einen Moment lang sah er sie wie von grellem Sonnenlicht beschienen, und er fand sie schön. Dann wurde alles unscharf und begann zu schwanken, er mußte sich am Tisch festhalten.

»Klara, ich habe gebellt«, meldete er.

Sie öffnete die Augen. »Ach, denken Sie nicht dran.«

»Ich habe ihm den Gefallen getan, weil du ihn geliebt hast.« Er ging zum Bett und setzte sich.

»Jetzt wird er einschlafen«, sagte sie, »und wir werden endlich Ruhe haben.«

»Ich weiß nicht«, sagte er, »ich weiß nicht, Klara.«

Die Drahtrolle lag noch immer mitten im Zimmer, es war eigentlich eine ganz kleine Rolle, er begriff nicht, warum sie ihn so störte, warum ihn überhaupt etwas störte, er war doch wegen einer ganz anderen Sache hergekommen. Er zog sich langsam aus. Sie hatte die Augen wieder geschlossen. Er hob die Bettdecke an und schmiegte sich an das Mädchen.

Sie öffnete die Augen, sah ihn jedoch nicht an. »Liebst du mich?« fragte er.

»Ich bin froh, daß du gekommen bist. Daß du diese Nacht bei mir bist.«

»Ja, ich bin hier bei dir.« Es war wirklich so, er war hier bei ihr, und alles andere war weggerückt, sein bisheriges Leben, und dieses Zimmer, die leeren Käfige, der Draht, der Mann nebenan, der Arzt, der nicht mit der Injektion gekommen war, die verdächtige Frau im Schlafrock, die sonderbaren Telefonanrufe, alles verschwand, er schwebte in einer fast beseligenden, ungetrübten Leere und küßte sie in der Stille, die sich rings um ihn ausbreitete, und liebte sie in dieser Stille, in der er nur seinen Atem hörte. »Bist du jetzt auch glücklich?« fiel ihm ein zu fragen, doch er war schon eingeschlafen, bevor er ihre Antwort hören konnte.

Er schlief nur kurz. Durst weckte ihn. Einen Moment lang wußte er nicht, wo er sich befand. Über dem Bett brannte grelles Licht, neben ihm auf dem Kissen glänzten rötlich Haarsträhnen. Wie Abschied nehmend strich er mit der Fingerspitze über eine davon. Nur ganz sacht, um das Mädchen nicht zu wecken. Dann preßte er das Ohr an die Wand und lauschte, hörte nebenan aber nicht einmal die leiseste Andeutung eines Geräusches.

Er stand auf, Schwindel erfaßte ihn. Es kostete ihn allerhand Mühe, seine Sachen zusammenzuklauben und sich anzuziehen. Als er endlich fertig war, ging er vorsichtig um die Drahtrolle herum und schlich zur Tür.

»Sie gehen schon?« fragte sie.

Er drehte sich um. »Ich muß wohl, Klara.«

Er stand einige Schritte von der Tür entfernt, Durst brannte in seiner Kehle. Er nahm eines der Gläser, ließ Wasser einlaufen und trank gierig.

»Damals in dem Hotel«, sprach sie leise, »wo die ganze Nacht die Musik gespielt hat, dort haben wir uns nicht mal eine Minute lang verlassen. Dort waren wir immer zusammen, und da ist immer so ein Italiener gewesen, dauernd hat er mich angesehen, wenn wir getanzt haben. Er hat nur am Tisch gesessen und geschaut. Bis der Leo zu ihm hin ist und gesagt hat, er soll verschwinden. Dann haben sie sich geprügelt. Schrecklich haben sie sich meinetwegen geprügelt, die zwei Herren. Bis ihm der Italiener den Arm zerschnitten hat. Mit einem Dolch. Die hatten dort Wände und Tische, mit weißem Leder überzogen. Nachher war alles voll Blut ... Und er hat damals schrecklich geschrien. Und jetzt ... Es ist so still drüben. Kommt es Ihnen nicht auch so vor?«

Er spürte, wie ihn aufs neue Angst überkam. Aber jetzt brauchte er sich nicht mehr zu fürchten, er war ja schon im Gehen, er würde verschwinden, nichts konnte ihn mehr zurückhalten.

»Das war er, mit dir dort unten?«

»Es ist schon lange her«, sagte sie. »Der Doktor hat gesagt, vielleicht heute in der Nacht«, seufzte sie. »Vielleicht passiert es heute nacht.«

»Was – heute in der Nacht?« fragte er, obwohl er begriff, was damit gemeint war. »Denk nicht daran«, sagte er rasch. »Schlaf jetzt.« Er öffnete die Tür zum Vorzimmer. »Also, Klara, ich gehe.« Er zog sich den Mantel an, setzte sich den Hut auf. Die Tür zur Kammer stand immer noch einen Spalt breit offen, er blieb einen Moment lang stehen, hielt den Atem an und lauschte aufmerksam. Die Stille dort drin war vollkommen und durch nichts gestört.

Er kehrte ins Zimmer zurück. »Klara«, sagte er, »ich fürchte, es ist schon passiert.«

»Meinen Sie? Dann gehen Sie besser. Ich werde für Sie beten.«

Aber er zögerte noch. »Klara, falls jemand sich nach dieser Nacht erkundigen sollte ... Ich bin nicht hier gewesen. Du weißt ja, ich habe ihn nicht gekannt, ich habe ihn nie gesehen, ich war völlig ahnungslos, als du mich mitgebracht hast.« Noch einmal zögerte er. »Diese Stille, du hast recht, die Stille hier ist fürchterlich.«

»Wenn Sie wollen ...« Sie stand auf, schaltete das Radio über dem Bett ein und dann noch das Gerät neben dem Kocher.

Niemand weiß von mir, sagte er sich, mit niemandem habe ich gesprochen. auch nicht am Telefon. Ich bin nie hiergewesen.

Sie ging zu der Pflanze, und ehe er sie daran hindern konnte, pflückte sie die große Blüte ab und huschte aus dem Zimmer. Er schlich ihr auf Zehenspitzen nach. In der Kammer brannte jetzt die Glühbirne. Er sah noch, wie sie dem Toten die Blüte auf die Brust legte. Dann öffnete er die Wohnungstür und schlüpfte hinaus. Der Gang war leer. Niemand sah ihn, er war nicht hier. War nie hier gewesen. Er konnte das Ganze vergessen.

Als er weiterging, fiel ihm das Fehlen jeglichen Geräusches auf. Er vernahm weder um sich herum noch in seinem Inneren irgendeine Stimme. Die Stille umfing ihn wie ein großer, anschmiegsamer Fangarm.

Hopfenernte

Das Rasseln des Weckers und das laute Gähnen eines seiner Nachbarn weckte ihn.

Er versuchte, sich den Rest seines Traumes zu vergegenwärtigen, merkwürdigerweise kein Bild, es war ein Gedanke, aber nicht sein eigener, es war irgendein Zitat – Bacon, fiel ihm ein: ».... was nun die Fontänen betrifft, so sind sie sehr schön und erquickend, aber die Teiche verderben alles...«. Es gelang ihm nicht, sich an den Rest des Zitats zu erinnern, obwohl er das Gefühl hatte, daß sich darin eine für seine jetzige Situation wesentliche Aussage verbarg.

Es war erst fünf Uhr, aber er stand auf, weil auch alle anderen aufstanden. Er schaute zum Fenster hinaus, während der Barackenraum hinter ihm von lauten Ausrufen und banalen Sätzen überquoll. Die Landschaft draußen bot einen ungewohnten Anblick; sie war hüfthoch in milchigen Nebel gehüllt, aus dem Baumkronen und die Dächer von Hütten emportauchten. Am meisten überraschte ihn die Farbe des Himmels, der an einem Ende noch in der Dunkelheit verharrte, während er in östlicher Richtung immer blasser wurde und sich dicht über dem Horizont zu röten begann. Er hatte schon lange keinen Sonnenaufgang mehr gesehen, zuletzt wohl als Student. In den vergangenen Jahren hatte er stets bis spät in die Nacht hinein gearbeitet – bis zwei oder drei Uhr; da hatte noch Dunkelheit geherrscht, selbst im Hochsommer, eine Dunkelheit, die ihn beruhigt, die seine Unrast gedämpft und es ihm so ermöglicht hatte, seine Gedanken in eine einzige Richtung zu lenken; deshalb war er immer erst später aufgestanden, gegen acht Uhr morgens. Vielleicht hätte er manchmal im Winter zusehen können, wie die Sonne aufging, aber im Winter ging die Sonne – hinter Wolken oder dem Dunst der Großstadt versteckt – eigentlich nie auf, und außerdem blickten die Fenster seines einzigen Zimmers nach Westen.

Er dachte an seine Prager Wohnung, an die bis zur Decke mit Büchern vollgestopfte Kammer, und trat vom Fenster zurück. Im Raum wimmelte es rings um ihn von halbnackten Körpern, die Pritschen rochen feucht. Er hatte schon ganz vergessen, daß es so eine Welt noch gab, wo einander fremde Menschen zusammenströmten, wer weiß, woher und warum, und sich für warmes Essen und einen Hungerlohn zwei Wochen lang in Hopfenpflücker verwandelten, in Landarbeiter, in armseliges Wanderproletariat, wie man es aus der Literatur des vorigen Jahrhunderts kannte. Vielleicht hatte sich nichts geändert, und es gab sie tatsächlich noch, die Saisonarbeiter. Nach der Hopfenernte, so hatte er ihren gestrigen Gesprächen entnommen, wollten sie weiterziehen – in eine Zuckerfabrik, zur Aushilfe. Es waren meist ältere Männer, bereits im Rentenalter, darunter zwei Körperbehinderte, wie ihm aufgefallen war, und einer mit einem sonderbaren Zucken im Gesicht, aber bestimmt kein einziger Doktor der Philosophie. Er repräsentierte hier ganz allein einen Stand, den andere seiner Kollegen beim U-Bahn-Bau, beim Ausbaggern von Teichen oder in den Wohnwagen der Landvermesser verkörperten. Er repräsentierte hier das Häuflein derer, die mit Jaspers vertraut waren, die ihren Husserl kannten, und dabei lag ihm gar nichts daran, irgendwen zu vertreten. Er war nur er selbst; er war hier, weil die unter den gegebenen Umständen unvermeidlichen Gewissenskonflikte ihn zwangen, auf diese unterste Sprosse der gesellschaftlichen Rangordnung hinabzusteigen – denn das schien ihm noch erträglicher, als an die Türen der Mächtigen zu klopfen und um ein bißchen mehr Gedankenfreiheit zu betteln.

Er hatte sich sogar richtig darauf gefreut, unter den Arbeitsvertrag, den man ihm vorlegen würde, unter den Arbeitsvertrag eines Hopfenpflückers, seinen Namen nebst akademischem Titel zu setzen. Es war für ihn ein Triumph gewesen, daß er hier war, daß es ihm gelungen war, sich selbst treu zu bleiben, während die anderen sich an ihre Posten klammerten, an die Karriere, an den Alltag, dem sie einen Tempel errichtet hatten, in den sie die Menschheit lockten. Doch dann hatte ihn ein grobschlächtiger Typ mit Riesenpranken empfangen, der völlig harmlos wirkte, von keinerlei Bildung belastet; er hatte sich seinen Namen auf einen Zettel notiert – kein Wort von einem Vertrag – und ihm den Akkordlohn für einen Korb genannt. Darauf hatte er ihn zur Unterkunft 2 B geschickt und ihm eröffnet, Frühstück gebe es bis sechs Uhr dreißig, Mittagessen von zwölf bis zwei.

Jetzt war es offenbar Zeit fürs Frühstück, einige hatten es schon in Eßschalen geholt, die heiße Brühe verbreitete einen Geruch, der ihn unangenehm an seine Militärdienstzeit erinnerte.

Er hatte nicht das geringste Verlangen nach diesem Getränk, außerdem besaß er kein Gefäß; weiß Gott, wie es mit dem Mittagessen gehen würde. Er griff unters Kissen, wo seine Aktentasche versteckt lag – er hatte mehr Bücher und Broschüren mitgebracht als wirklich nützliche Dinge –, und ertastete zwischen zwei Büchern die Tüte mit dem Hörnchen, das als Wegzehrung vorgesehen gewesen war. Noch im Trainingsanzug setzte er sich, unrasiert und ungekämmt, auf die Pritsche und begann zu essen.

Wie gut, daß er sich nie den Komfort geleistet hatte, der seiner Stellung entsprochen hätte. Früher, noch bei seinen

Eltern, hatte er täglich ein warmes Frühstück bekommen: Tee, zwei Semmeln, Butter und Marmelade oder Honig. Später dann, verheiratet, hatte seine Frau sich strikt geweigert, für seine Ernährung zu sorgen. Deshalb hatte er seit Jahren fast nur noch frugal gefrühstückt, allerdings nicht auf einer Pritsche, sondern an seinem Tisch, hatte dabei gelesen, manchmal selbstgebrühten Tee getrunken. Nach einiger Zeit hatte er sich übrigens scheiden lassen.

Der Raum leerte sich rasch. So etwas wie Beklommenheit überkam ihn. Wie früher, wenn er auf einem internationalen Kongreß einen Vortrag halten sollte, oder wie damals, als er sich in den Gassen von Athen, unweit des Kerameikos, verlaufen und keinen Menschen gefunden hatte, der eine der Sprachen verstand, die er beherrschte, einschließlich des Altgriechischen.

Während er sich rasch umzog, dachte er an Athen, er entsann sich der erstaunlichen Helligkeit und Reinheit der Steine des Zeus-Tempels, der engen Gäßchen unterhalb der Akropolis und der völlig unmalerischen, schmutzigen, von den denkwürdigen Stätten nur wenige Schritte entfernten Straßen – ein Nebeneinander, das es wahrscheinlich schon seit Platons Zeiten gab. Er schloß sich der letzten Gruppe an, die den Schlafraum verließ – zwei Rentner, ein Körperbehinderter, der Mann mit dem nervösen Zucken und er –, um Schemel und Körbe zu fassen. Im Depot trafen sie auf die Arbeiterinnen, Weiblein mit Kopftuch und ältliche Frauen, keine von ihnen irgendwie ansehnlich, sonst wären sie sicher nicht hier gelandet, in dieser Reihe, die mit unsicheren Schritten zum Hopfenfeld schwankte.

Vor zwei Jahren hatte er noch Schülerinnen gehabt, an denen er gleichwohl in puncto Lerneifer und Denkfähigkeit so manches auszusetzen gefunden hatte; jetzt erschienen sie ihm als Inbegriff der Anmut, und plötzlich sehnte er sich heftig nach dem zurück, was bis vor kurzem sein Leben ausgemacht hatte und eigentlich für immer hatte ausmachen sollen.

Der Mann mit dem Zucken sagte: »Habt ihr gemerkt, daß einer die ganze Nacht gefurzt hat wie ein Kanonier?«

»Huch!« kreischte eines der Weiblein.

Schlimmer als das Herausgerissensein aus der Arbeit (damit konnte man schließlich nachts weitermachen, wenn man die nötige Kraft und Ausdauer aufbrachte) empfand er das Fehlen des gewohnten Milieus. Er kam sich vor wie im Ausland, unter Menschen, die seine Sprache nicht beherrschten, vielmehr deren Sprache er nicht beherrschte, und hätte er sie angeredet, dann hätten sie vermutlich nur die Achseln gezuckt oder vielleicht sogar gelacht.

Der Weg machte eine Biegung, und sie gingen jetzt direkt auf die Sonne zu, die tief über den eingenebelten Wiesen hing und blendete.

Dabei fiel ihm ein, daß er schon einmal, vor nicht allzu langer Zeit, so früh am Morgen der Sonne entgegengegangen war – an der Südküste Englands, in der Nähe von Southampton, in einem kleinen Badeort, wohin Janet ihn eingeladen hatte. Er war am Samstagabend eingetroffen, sie hatten in einem Häuschen außerhalb der Stadt genächtigt, am Sonntagmorgen waren sie noch vor Sonnenaufgang erwacht, und Janet hatte ihn insofern überrascht, als sie sofort aufgestanden war. Ihre Gewohnheiten waren ihm nicht vertraut gewesen, er hatte das Mädchen erst vor ein paar Tagen kennengelernt, sie hatten sich also rasch angekleidet und waren noch vor dem Frühstück zwischen den gepflegten Vorgärten der Einfamilienhäuser dahingegangen, dann, auf der Heide, über schmale, gewundene und sandige Pfade, und plötzlich, vom Gipfel einer Düne aus, hatte er die Sonnenscheibe gesehen, die strahlend und langsam aus dem Wasser emporstieg.

In diesem Moment war ihm, als umwehte ihn der ferne Geruch des Meeres, und er sah das Mädchen, schmal, geradezu ausgezehrt, neben sich stehen, in einem buntgestreiften Pullover und einem kurzen Röckchen, an dem sie immerzu herumzupfte; er hörte das Tosen der Brandung, er hatte Janet an sich gezogen, an sich gedrückt, obwohl er sich die ganze Nacht an sie geschmiegt hatte, oder vielleicht gerade deshalb. Er sehnte sich nach diesem Augenblick zurück, noch mehr aber sehnte er sich nach Liebe, vielmehr nach einer Frau, nach irgendeiner Frau, um sie zu umarmen, um mit ihr wie damals in den kühlen, trockenen, rieselnden Sand zu sinken, der in die nackte Haut stach und in den Mund drang.

Dieser Tag lag tatsächlich erst drei Jahre zurück. Seither hatte ihn nie wieder ein so starkes positives Gefühl beseelt wie dort am Sandstrand bei Sonnenaufgang, und dann noch einmal am darauffolgenden Abend, als beim Abflug die Gestalt des Mädchens immer kleiner wurde.

»Das ist noch gar nichts«, sagte einer der Rentner, ein stangenlanger, dürrer Mann. »Als ich 1932 beim Militär war, da hat so ein Brauereiarbeiter aus Pilsen neben mir geschlafen, der hat gefurzt wie ein Maschinengewehr!« Er spitzte die Lippen und ahmte, um Genauigkeit bemüht, das Geräusch nach. Doch sie waren offenbar an Ort und Stelle angelangt, denn alle blieben stehen und verteilten sich dann im grünen Dickicht.

Er zog seine Brille aus dem Futteral, wie früher beim Betreten des Hörsaals oder vor dem Rednerpult, und setzte sie auf.

Da er diese Arbeit noch nie gemacht hatte, beschloß er, sich einfach nach den anderen zu richten. Er hockte sich also ans Ende einer Reihe von Hopfenstauden auf seinen Schemel und versuchte, die erste davon herunterzureißen. Es gelang ihm nicht, obwohl er so daran zerrte, daß er sich die Handfläche aufschürfte.

Schließlich wurde man auf ihn aufmerksam, der Stangenlange kam herüber, schob ihn, etwas Unverständliches, aber nicht Unfreundliches brummend, zur Seite und riß die Staude mit einer einzigen geübten Bewegung herunter.

Er setzte sich wieder und bemühte sich, die einzelnen Fruchtzapfen abzupflücken. Seine blutende Handfläche brannte, aber er versuchte, nicht an den Schmerz zu denken und die leeren Worte, die ihn umschwirrten, nicht zu hören. Zu Hause hatte er sich vorgestellt, wie er bei dieser Arbeit in Gedanken an die Lösung seiner Probleme herangehen würde, er hatte eigens zu diesem Zweck Notizbuch und Bleistift eingesteckt, aber sein Geist widersetzte sich jetzt jeder Abstraktion und schweifte zwischen banalen Ereignissen, Mißlichkeiten und schwebenden Streitfällen umher, wand sich vor Kummer über ein vertanes Leben, über nicht wahrgenommene Chancen. Beleidigungen und Demütigungen, Stumpfheit und Unverstand, denen er ausgesetzt gewesen war, versperrten ihm den Weg, und er – wohl wissend, daß erst dies die endgültige Strafe für seinen Entschluß war, sich einen Rest von Freiheit zu bewahren, eine ungleich schwerere Strafe, als hier auf einem hölzernen Schemel zu hocken und Hopfen zu zupfen – er vermochte seine Gedanken nicht aus dem Kreis zu befreien, in dem sie sich bewegten.

Die Zeit, deren Anbruch zu so unsinnig früher Stunde stattgefunden hatte, kroch dahin, eine Schildkrötenzeit, eine Nebelzeit, eine bissige Zeit, die einen bitteren Nachgeschmack auf der Zunge verursachte; die nassen Blätter fraßen sich in die Haut, und er verspürte brennenden Durst.

Alle anderen waren mit ihrer Arbeit schon weit vorangekommen, nun saß er allein inmitten der heruntergerissenen Hopfenstauden, nur seine Reihe stand noch, er zupfte einen weichen Fruchtzapfen nach dem anderen ab, die Blätter waren inzwischen getrocknet, und die Sonne brannte wie mitten im Sommer. Er sah ein, daß der Lohn für diese Arbeit nicht einmal fürs Essen reichen würde, von einer Verbesserung seiner materiellen Lage ganz zu schweigen. Trotzdem ärgerte er sich, wie er sich über jede Ungeschicklichkeit ärgerte, die er an sich entdeckte.

Er wischte sich mit dem Handrücken den Schweiß von der Stirn und spürte, wie das Blut in seinen Schläfen pochte – bevor er zum Flughafen aufgebrochen war, hatten sie in einem kleinen Londoner Lokal zu Abend gegessen, unmittelbar vor dem Miniaturpodium, von wo aus drei Musiker den kleinen Raum mit unerträglichem Lärm füllten; es wurde Rockmusik gespielt, die er zwar nicht direkt verabscheute, aber auch nicht mochte; dann hatte der Schlagzeuger, mit seinen Instrumenten plötzlich allein gelassen, sich unversehens selbst in ein Geräusch verandelt, in eine Kaskade, in einen Geysir von Schlägen, in einen wilden Schamanen. Er lauschte jetzt den fernen Trommelschlägen nach, die damals seinen ganzen Körper durchdrungen hatten, als er zugehört und aufmerksam zugesehen, neiderfüllt die Bewegungen des Mannes auf dem Podium verfolgt und erkannt hatte, daß dieser Mann einen Moment des höchsten Genusses durchlebte, weil es ihm gelang, sich mitzuteilen, zwischen sich und all den fremden Menschen minutenlang eine Verbindung herzustellen.

Wieder wischte er sich den Schweiß ab; über seinen nackten, zerschundenen Arm kroch ein bunter Käfer. Er sah, wie die Frauen bauchige Kannen auspackten, wie sie Bierflaschen und Brotbeutel zwischen den Ranken der heruntergerissenen Stauden hervorholten, und wurde sich mit ungewöhnlicher Schärfe seiner Situation bewußt, dieses gewaltsam aus sämtlichen Zusammenhängen herausgelösten, geographischen Raumes, der Situation von Menschen, die immer wieder zu geistigem Selbstmord herausgefordert wurden. Auch er gehörte zu diesen Menschen, saß mit ihnen in der Falle, die Ausgänge waren versperrt, was sollte er tun, in welchen Winkel sich verkriechen? Wahnsinnige, Zukurzgekommene, Krüppel und von der eigenen Schuld Besessene verunstalteten die Welt nach ihrem Vorbild, und da saß er nun und fristete sein Leben, seine unwiederbringliche Zeit auf diesem Schemel, auf den er sich nie hätte niederlassen dürfen, nicht etwa, weil er sich davor scheute, sondern weil dies eine Sinnlosigkeit, eine unvorhergesehene Absurdität in seinem Lebensplan war.

Von fern erklangen Glocken. Hunger quälte ihn. Er blickte um sich. Alle, die sich mit ihm am frühen Morgen hier eingestellt hatten, waren, von ihm unbemerkt, irgendwohin verschwunden.

Er nahm seinen Korb und ging zum Sammelplatz. Dort traf er nur den Mann an, der ihn gestern eingestellt hatte und ihn nun gönnerhaft lobte, indem er den Inhalt seines Korbes als »nicht schlecht« bezeichnete. Auf die Frage nach dem Mittagessen deutete der Mann in Richtung Dorf.

Die Kantine befand sich am anderen Ende des Ortes. Er kam völlig erschöpft dort an und betrat den Holzschuppen, aus dessen Tiefe ihm hinter drei Ausgabeschaltern – wie Parzen, wie Gardedamen auf einem Konditorenball – drei Köchinnen entgegensahen.

Die Kantine hatte sich bereits geleert, die Tische waren bekleckert, die Essensgerüche hatten die Luft so gesättigt, daß ihm gleich beim Öffnen der Tür das Wasser im Munde zusammengelaufen war.

Er holte sich an der Theke ein Plastiktablett, begab sich zur Ausgabe und hielt das Tablett hin. Da beugte eine der Küchenfeen sich vor und forderte ihn auf, seinen Essensbon abzugeben.

Er erschrak, er hatte keinen Essensbon, er war viel zu unpraktisch veranlagt, als daß er sich um derlei gekümmert hätte, und außerdem hatte ihm niemand gesagt, daß er fürs Mittagessen einen Gutschein brauchen würde.

»Ich habe doch gearbeitet«, wandte er fast demütig ein. »Und gestern hat man mir gesagt –«

»Ohne Bon kann ich Ihnen kein Essen geben«, sagte die Frau.

»Ich bezahle es«, schlug er vor, aber das lehnte sie ab und rief laut: »Der Nächste!« Zwei Männer traten heran. Diese Glückspilze bekamen einen Napf voll grauer Suppe, in der weiße Graupen schwammen, und einen Teller mit vier Scheiben Knödel, dazu einen Schlag Gulasch, das weithin nach Sauerkraut und Fett roch und seinen ausgehungerten Magen reizte.

»Auf was warten Sie noch?« fuhr die Frau ihn an. »Gehen Sie zur Korantowitzová, vielleicht gibt die Ihnen einen Bon, wenn er Ihnen zusteht. So einen, sehen Sie?«

Sie griff in einen hölzernen Kasten und hielt ihm eine Handvoll bunter Papierschnitzel entgegen. Vielleicht kam er ihr begriffsstutzig vor, weil sie ihm die Bons derart anschaulich vorführte, und er betrachtete sie genau, diese Passierscheine ins Knödelparadies, das ihm einstweilen verschlossen blieb. So weit hatte man ihn also getrieben, so tief war er schon gesunken, daß er um einen Passierschein in dieses Paradies bitten, ja betteln gehen mußte, und er begriff mit einemmal: Wenn er sich auf dieses Spiel einließ, wenn er sich einer Welt anpaßte, die sich um die läppische, aber keineswegs mürbe Achse aus diesen bunten

Papierschnitzeln drehte, diesen Bezugscheinen für vorportioniertes Heil, dann war er erledigt, dann hatten sie ihn dort, wo sie ihn haben wollten, sie, die ganze Meute, die ihn bis hierher in diesen Raum gehetzt hatte; und mit der vollen Erkenntnis all dessen, was um ihn herum und in ihm vorging, überkam ihn Haß und wilde Wut: wegen des ihm zugefügten Unrechts und weil man ihn so weit gebracht hatte; weil er ihnen in die Falle gegangen war; weil sie die ganze Welt in einen Käfig verwandelt hatten, wo es keine Vernunft, keine Humanität und keine Verständigungsmöglichkeit gab; weil sie normale Menschen zu Feinden und den Knödel zum Mittelpunkt der Welt gemacht hatten; weil er, von seinen leiblichen Bedürfnissen genötigt, mit dieser völlig schuldlosen, völlig unwissenden und unverständigen Person verhandeln, wie ein streunender Köter um einen Happen betteln mußte.

Er fühlte sich zwar in die Enge getrieben, aber doch nicht ganz und gar, noch hatte er die Orte auf der Welt nicht vergessen, wo er etwas zu essen bekommen hatte, ohne erniedrigt zu werden, noch war es ihnen nicht gelungen, jene Welt aus seinem Gedächtnis zu tilgen, von der er nun abgeschnitten war; es gab sie noch, jene Menschen, die die Dinge noch beim richtigen Namen nannten und vielleicht sogar seine Bücher lasen und über seine Gedanken nachsannen; Menschen, für die er nicht nur eine hungernde Kreatur war, die sich an den Freßnapf klammerte.

Er trat an den Ausgabeschalter – er, ein bis dahin bekannt friedfertiger Mensch, der seines Wissens nie jemanden angeschrien hatte, nicht einmal die eigenen Kinder –, entriß den roten Händen der Köchin den Kasten mit den Bons und kippte sie auf die Theke aus.

Seine Miene machte ihr Angst. Sie wich einen Schritt zurück. Aber das brachte ihn noch mehr auf: »Sie blöde

Kuh!« Seinem Mund entströmte eine ganze unsinnige Lita-
nei, er schrie, auf Leuten ihres Schlages basiere dieses un-
menschliche und entmenschte und verlogene und bestiali-
sche System, das die Einhaltung von Vorschriften, die es
selbst mißachte, auf sein Panier geschrieben habe – selbst
vor dieser gestelzten Redewendung schreckte er nicht zurück –, er habe auch ohne Arbeitsvertrag gearbeitet, fuhr er
fort, und sie möge sich doch einmal umschauen, wo sie da
lebe, was für Rechte sie habe, ihr einziges Recht sei es,
genauso armen Teufeln, wie sie selbst einer sei, das Mittagessen vorzuenthalten; der Wortschwall machte die Frau
zunächst sprachlos, doch dann begann auch sie zu
schreien, sie überschrien einander gegenseitig.

Und während dieses Geschreis, das da vor sich ging, begann seine ganze Welt, die Welt, in der er bisher gelebt
hatte, zu entschwinden, und zugleich nahmen dieser Raum
und die Frau mit den roten Händen ungeheure Ausmaße
an, alles blähte sich auf wie gigantische Ballons, bedrängte
ihn und trübte seinen Verstand.

In einer Windung seines Gehirns regte sich noch der Gedanke, all dies gehöre gar nicht hierher, schließlich würden
sie beide ausgebeutet, sie seien Opfer derselben menschen-
unwürdigen Verhältnisse, beider Wutausbruch entspringe
den gleichen, wenn auch nicht im gleichen Maß empfunde-
nen Demütigungen, saßen sie doch gemeinsam in der Falle,
aber dieser Gedanke drang nicht mehr in sein Bewußtsein,
denn im selben Moment schlug er mit dem Holzkasten für
die Essenbons schon auf einen Stapel Teller ein, ins Klirren
des zerbrochenen Porzellans mischte sich kurz das Ge-
kreisch der drei Hüterinnen des Paradieses, und ihn über-
flutete ein Gefühl unendlicher Erleichterung, sein sinnlo-
ses Wüten, mit dem er sich in die Welt der ihn Umgebenden
einordnete, bereitete ihm geradezu Wollust. Endlich ge-

lang es einer der Frauen, das Schalterfenster herunterzulassen, wobei sie ihm fast die Finger abgequetscht hätte, und im selben Augenblick packte ihn jemand an der Schulter, zerrten sie ihn weg vom Fenster, während er sie voll Inbrunst Duckmäuser und speichelleckerische Sklaven schimpfte, während er ihnen ins Gewissen schrie und ihnen über ihre und seine Rechte die Meinung sagte.

Sie schafften ihn hinaus, und einer der Männer riet ihm wohlmeinend: »So hol dir halt deine Bons, die drei Teller, was du zerschmissen hast, schreiben die sowieso ab.«

Aller Zorn, alle Freude am Zorn fiel von ihm ab; nackt und elend stand er da und empfand es als demütigend, daß sie ihn nicht zusammengeschlagen hatten, daß sie nicht einmal auf ihn einschrien. Er wußte freilich, daß er die Kantine nie mehr betreten, daß er nie wieder etwas von den Küchenfeen verlangen würde. Er wußte, eines konnte er immerhin tun, soviel Freiheit besaß er wohl noch, er konnte seine Aktentasche nehmen und sofort abreisen, nach Hause zurückkehren, irgendwohin fahren und sich bei Straßenarbeiten, als Nachtwächter oder Taxifahrer verdingen.

»Geh dort hinüber, zur Korantowitzová«, bedeutete ihm der Mann. »Bleibt dir gar nichts anderes übrig. Der Laden macht erst gegen Abend auf, und das Wirtshaus ist schon ein halbes Jahr zu.«

Und er, immer noch beschämt von dieser unangemessenen Freundlichkeit, machte sich zum benachbarten Gebäude auf.

Es war ein hoher Steinbau mit vielen kleinen Fenstern, der früher als Speicher oder Lagerhaus gedient haben mochte, ein Gebäude wie eine Bienenwabe, wie eine Festung, wie ein Gefängnis für eine Handvoll hartnäckiger Patrioten. Vor dem Tor blieb er stehen und blickte sich um, er merkte erst jetzt, daß es drei waren, drei, die ihn aus der Kantine geschafft hatten, einer von ihnen nickte nun eifrig und zeigte auf den Eingang. Er trat ein, und sofort umfing ihn der warme, würzige Duft getrockneten Hopfens. Er ging zwischen zwei Reihen von Türen vorwärts, und obwohl er sein Tun im Grunde sinnlos fand, blieb er, statt umzukehren und zum Ausgang zurückzukehren, vor der Tür stehen, an der ein Schild mit dem Namen KORANTOWIT-ZOVÁ hing.

Durch die Tür klang leise Musik und gedämpftes Lachen. Wie einem fremden Willen oder der Stimme seines anderen Ichs gehorchend, klopfte er an und drückte die Klinke herunter. Sie bewegte sich quietschend, aber die Tür ging nicht auf. Die Tatsache, daß abgeschlossen war, erboste ihn erneut, und obwohl er eigentlich nichts mehr wollte, rüttelte er ein paarmal an der Klinke, und dann schrie er diesen sonderbaren Namen heraus: »Frau Korantowitzová!«

Das hatte offenbar etwas genützt, denn kurz darauf hörte er von drinnen hastiges Geflüster, etwas klappte zu, dem Geräusch nach ein Fenster, dann näherten sich trippelnde Schritte.

Die Tür ging auf – da stand sie vor ihm, das hochfrisierte dunkle Haar zerrauft, und schloß rasch die letzten Knöpfe ihrer Bluse.

Ihm fiel auf, daß das Fenster zum Hof noch nicht ganz zu war. Auf dem Tisch standen zwei gefüllte Weingläser, über der Lehne des Stuhls hing eine Krawatte.

Sie lächelte ihm verlegen zu, ihre aufgeworfenen, karminrot geschminkten sinnlichen Lippen entblößten zwei Reihen großer Pferdezähne.

»Sie wünschen?« fragte sie.

Er stellte sich vor und sagte, er habe zwar den ganzen

Vormittag gearbeitet, aber kein Mittagessen bekommen, weil ihm die erforderlichen Gutscheine nicht ausgehändigt worden seien, die ihm schließlich von Rechts wegen zuständen.

»Aber ich hab gar keine Essensbons«, sagte sie mit einer tiefen, ordinären, fast männlichen Stimme. Sie lächelte abermals, bot ihm mit einer Geste eines der Gläser an, hob mit kurzen, dicken Fingern das andere und starrte ihn dabei an. Sie hatte große, weit auseinanderstehende Augen und fast zusammengewachsene Brauen. »Schon längst nicht mehr«, fügte sie hinzu. »Ihnen brauch ich doch nicht zu erklären, wie so was läuft.«

Er trank den Wein mit wenigen Schlucken aus, denn er hatte Durst, und er spürte, wie ihm der Alkohol sofort zu Kopf stieg.

Sie beugte sich über den Schreibtisch und kramte in irgendwelchen Listen. Ihre vollen Brüste berührten beinahe die Tischplatte. Dann richtete sie sich wieder auf. »Einmal hab ich einen Artikel von Ihnen gelesen«, bemerkte sie. »Den haben doch Sie geschrieben?«

»Ich weiß nicht«, sagte er. »Ich weiß nicht, welchen Sie meinen.«

»Interessant war er«, sagte sie. »Ich hab mich mit den Mädels darüber unterhalten.«

Er schwieg. Die Vorstellung, diese Frau könnte sich über einen seiner Artikel mit den Mädels unterhalten haben, vielleicht auf dem Weg zur Feldarbeit oder von einer Volksbelustigung, erschien ihm unglaubhaft.

»Aber Sie haben ja Hunger«, erinnerte sie sich und trat dicht vor ihn, so dicht, daß er ihren Atem im Gesicht spürte. »Irgendwie werd ich das schon schaukeln. Sie müssen nur ein bißchen Geduld haben.«

Sie verließen den Raum. Er ging hinter ihr durch den

langen Gang, ihre Schritte hallten von den Wänden wider. Sie öffnete eine Tür, die zum Treppenhaus führte. Noch wärmere, fast betäubende Luft schlug ihm entgegen. »Wir müssen uns gegenseitig helfen«, sagte sie. »Ich bemühe mich immer, irgendeinen Weg zu finden, verstehen Sie?«

»Ja«, antwortete er. »Das ist sehr freundlich von Ihnen.«

»Nur so kann man überleben«, sagte sie.

Er folgte ihr eine steile Wendeltreppe hinauf, ahnungslos, wohin sie ihn führte. Dann, als sie mindestens das dritte Stockwerk erreicht haben mußten, öffnete sie eine niedrige Eisentür, machte Licht, wartete, bis er eingetreten war, und schloß wieder zu.

Sie befanden sich nun in einer riesigen, dämmrigen Halle, auf einer Seite von prallgefüllten Säcken eingefaßt, auf der anderen von Weidenkörben. An der Decke drehten sich rauschend die riesigen Flügel eines Ventilators.

»Hören Sie«, fing er an, aber sie legte den Finger an die Lippen und führte ihn tiefer in den Raum hinein, bis zu einem Winkel, wo aufgestapelte Körbe, große Kisten aus gelblichem, gehobeltem Holz und die mit alten Kalenderbildern und verblichenen Filmstarfotos beklebte Wand so etwas wie ein lauschiges Plätzchen eingrenzten, auf dessen Boden grünliche Militärdecken lagen.

Ein Klicken, und der Ventilator verstummte.

Er hörte in der plötzlich eingetretenen Stille ihren raschen Atem. Er sah nicht sie an, sondern ein Foto eines halbnackten Filmstars. In der Luft hing feiner, beißender Staub.

Sie trat von hinten an ihn heran, er spürte ihren Atem im Genick, dann berührte sie ihn, tastete sich mit den Fingern langsam zu seinen Lenden vor, umfaßte und umklammerte ihn mit den Armen.

Er drehte sich um. Sie stand dicht vor ihm, trat einen

Schritt zurück. Er umarmte sie, und dann sanken sie auf die bereitliegenden Decken, die sie weich aufnahmen, und vereinigten sich, vereinigten sich rasch wie zwei Hunde, die einander eben erst an der Straßenecke begegnet waren, geräuschlos, nur gelegentlich stöhnend in der heißen, würzigen Luft, die den Atem benahm, unter diesem Berg von Körben und dem halbentblößten Filmstar. Dann stand sie wieder auf, und noch bevor er Zeit gefunden hatte, ebenfalls aufzustehen und sich ein wenig in Ordnung zu bringen, hörte er ihre sich entfernenden Schritte. »Ich komm wieder, Süßer«, sagte sie, sich umwendend, »und bring dir was mit.«

Die Tür fiel ins Schloß.

Als er die Tür kurz danach erreichte, stellte er fest, daß sie sich von innen nicht öffnen ließ, und pochte laut. Er wollte nach der Frau rufen, wie vorhin, mußte sich aber betroffen eingestehen, daß ihm ihr bizarrer Name entfallen war.

Er rüttelte an der Klinke. »Hallo!« schrie er. »Lassen Sie mich raus!«

Der Ventilator an der Decke begann sich wieder zu drehen; er spürte, wie der Luftzug ihm durchs Haar strich. Staub wirbelte vom Boden auf und reizte ihn zum Husten.

Abermals rüttelte er an der Klinke. Der Ventilator über seinem Kopf drehte sich immer schneller. Als wollte er davonfliegen und diese riesige, sonderbare, heiße, dämmerige und staubige Halle mit sich reißen.

Er zog sich wieder in den Winkel zurück. Die Decken waren noch warm von der Berührung der beiden Körper. Vielleicht waren sie es immer, weil sie in dieser Treibhausatmosphäre nie abkühlen konnten. Er setzte sich, ein Beben durchlief seinen Körper wie ein letzter Ausläufer der eben genossenen Lust.

Er hatte Hunger.

Er stellte sich auf die Zehenspitzen und spähte in eine der Kisten. Sie enthielt einige grüne, dürre Hopfendolden. Er nahm ein paar davon in die Hand, dann auch in den Mund. Sie schmeckten so bitter, daß es ihn schüttelte.

Er streckte sich wieder aus, die betäubend riechende, staubgeschwängerte Luft biß ihn so in die Augen, daß er sie schließen mußte. Keuchend rang er nach Atem.

Einen Moment lang wurde er sich wieder einmal mit ungewöhnlicher Klarheit der Realität bewußt: Da lag er in einer Halle, von deren Existenz er nichts gewußt hatte; an den Namen des Dorfes, wo dieses Gebäude stand, konnte er sich ebensowenig erinnern wie an den Namen der Person, die ihn hierhergeführt, mit der er eben erst geschlafen hatte. Sonderbar, dachte er, ist das überhaupt noch mein Leben? Wie soll ich erkennen, ob ich überhaupt noch ich bin?

Der Hunger weckte ihn. Der Ventilator surrte, irgendwo in der Nähe raschelte eine Maus. Es mochte schon Abend sein. Er stand auf und ging zur Tür. Noch immer wollte ihm der Name nicht einfallen. »Hallo!« rief er. »Ist da jemand?«

Er wartete.

Dann stürzte er sich plötzlich auf die Körbe, wühlte zwischen ihnen, kippte sie um und suchte verzweifelt nach etwas Eßbarem.

Als er bis zum Fußboden vorgedrungen war, entdeckte er an der Wand eine Mausefalle. Auf dem Dorn aufgespießt, duftete ein Stück verstaubten Käses.

Vorsichtig streckte er die Hand danach aus und versuchte sich zu erinnern, ob Käse, der als Köder benützt wurde, vergiftet wurde oder nicht.

Die Brille

Jáchym betrat den Laden, wo schon zwei alte Frauen warteten. Er stellte sich brav hinter ihnen an, zog sein Brillenfutteral aus der Tasche, machte es auf und klappte es schnell wieder zu, als regte der Anblick ihn übermäßig auf.

Der Optiker war ein kleiner Mann mit Glatze, selbstverständlich ohne Brille, sein Kittel war mit Flecken übersät. Er hatte eine hohe Stimme und sprach in unangenehm zänkischem Ton. Jáchym fühlte sich an den Schuldirektor erinnert, vor dem er sich immer gefürchtet hatte. »Kann ich nicht, habe ich nicht«, schrie der Optiker die erste der beiden alten Frauen an, »ich sage doch, kommen Sie nächsten Monat wieder!«

Hinter seinem Rücken hing eine Leuchttafel: drei, fünf, acht, neun, eins, drei – in die Weite sah Jáchym etwas besser, er konnte sogar die dritte Reihe von unten lesen.

Ein brauner Vorhang trennte den Verkaufsraum vom inneren Bereich des Ladens. Er glaubte von dort gedämpfte Musik und das Zischen entweichenden Dampfes zu hören. An der Wand hingen einige Plakate mit bebrillten Traumfrauen, und aus einer Vitrine belauerte ihn ein monströs riesiges Plastikauge. In der Luft lag etwas, was ihn bedrückte, ja geradezu ängstigte.

»Noch eine Woche, nur noch acht Tage, Frau Professor.« Die Stimme des Optikers klang jetzt freundlich bedauernd. »Ich bitte um ein wenig Geduld. Sagen Sie sich: Es ist gut, die Augen offen zu halten und zu schauen, aber besser ist es, die Augen offen zu halten und nicht zu schauen, und am besten ist, die Augen offen zu halten, zu schauen und nichts zu sehen!« Er lachte quiekend. Auch aus der Tiefe des Ladens hinter dem Vorhang erklang ein Lachen, ein

185

Frauenlachen, und gleich darauf roch es nach angebranntem Horn.

»Was wünschen Sie?« wandte der Optiker sich nun an ihn.

Jáchym öffnete wortlos das Futteral. Darin lag ein Brillengestell ohne Gläser.

»Was haben Sie denn damit gemacht?« fragte der Optiker streng.

»Sie ist mir heruntergefallen.«

»Wo?«

»Ich bin mit dem Kopf gegen eine Säule gerannt!«

»War jemand hinter Ihnen her?«

»Nein, ich habe mich nur festgelesen.«

»Die sieht aus, als wären Sie darauf herumgetrampelt.«

»Sie ist alt. Stammt von meinem Vater.«

»Das sehe ich ja. Ich bin nicht von gestern.« Angeekelt nahm er das Gestell zwischen Daumen und Mittelfinger, musterte es eine Weile, dann legte er es ins Futteral zurück. »Sie sind nicht von hier, oder?«

»Nein, ich bin hier auf Urlaub.«

»Ausgerechnet zu uns fahren Sie auf Urlaub? Keine Wälder, und zum Baden ein einziger Teich. Dahinter hat man vorigen Monat eine geheime Giftmülldeponie entdeckt. Wohnen Sie im Hotel?«

»Nein. Ist sie zu reparieren?«

»Reparieren?« fragte der Optiker fassungslos.

»Falls nicht, kaufe ich mir eine neue«, sagte Jáchym schnell. »Ich brauche sie dringend.«

Der Optiker hob mit der rechen Hand den Vorhang an. »Sie möchten also eine neue Brille kaufen!« Aus dem Raum hinter dem Vorhang war jetzt ganz deutlich Gelächter zu hören. »Haben Sie ein Rezept?«

»Ich habe mir gedacht, gegen Bezahlung…« Obwohl

das Gelächter sich nicht auf ihn beziehen konnte, beunruhigte und verunsicherte es ihn.

»Soll ich nicht vielleicht auch noch Ihre Sehkraft prüfen?«

»Ich bin weitsichtig. Vier Dioptrien auf beiden Augen.«

Der Optiker drehte sich um und rief ins Dunkel hinter dem Vorhang: »Hört ihr das?«

Aber niemand antwortete, auch das Lachen war verstummt. Nur eine Art verschwörerisches Wispern war zu hören.

»Ich brauche wirklich eine Brille«, sagte Jáchym, so flehentlich er konnte.

»Und andere Leute brauchen wohl keine. Die tragen sie nur so – zur Dekoration!«

»Ich habe mir Bücher mitgenommen!«

»Sie haben sich Bücher mitgenommen!« Der Optiker wandte sich wieder dem Innenraum zu. »Habt ihr gehört? Kommt ihn euch ansehen, wenn ihr wollt!«

Darauf kamen tatsächlich hinter dem Vorhang wie aus einer dunklen Höhle ein dicklicher Mann in langer Schusterschürze und eine grell geschminkte magere Person in weißem Kittel hervor. Das blond gefärbte Haar reichte ihr fast bis zur Taille. Das Alter der beiden konnte Jáchym nicht einschätzen, er war noch so jung, daß ihm alle über dreißig alt vorkamen.

»Es ist gut, in Bücher zu schauen«, ließ der Optiker sich mit seiner quiekenden Stimme vernehmen, »aber besser ist es, in sich hineinzuschauen, und am besten ist, überhaupt nirgends hinzuschauen!«

Der Mann hinter seinem Rücken lachte auf. Er starrte Jáchym mit leerem Blick an. Dann griff er in die breite Tasche seiner Schürze und zog eine glänzende kleine Zange heraus. Er klapperte mit ihr wie ein Vogel mit dem Schnabel und kratzte sich dann mit dem Griff im Genick.

Die Frau musterte Jáchym voller Interesse. Er roch den leichten, süßlichen Veilchenduft, den sie verströmte.

»Was für Bücher lesen Sie denn?« erkundigte sich der Optiker. »Sie haben nicht zufällig eines dabei?«

Die Frau hinter der Theke fuhr sich mit der Zunge über die Oberlippe. Die ersten zwei Knöpfe ihres Kittels waren nicht geschlossen, so daß Jáchym die gebräunte Haut über ihrem Brustbein sehen konnte. Der Gedanke, sie könnte unter dem Kittel nackt sein, erregte ihn.

»Letztendlich ist es Ihre Sache«, sagte der Optiker, als er keine Antwort bekam. »Aber wenn Sie schon mal in unserer Stadt sind, könnten Sie wenigstens ein bißchen Interesse für das hiesige Leben bekunden: für unsere Sehenswürdigkeiten und für unsere Schrecklichkeiten. Wissen Sie, wer diese Deponie entdeckt hat? Kinder! Drei davon ringen schon seit vier Wochen mit dem Tod! Und Sie setzen sich im Hotelzimmer hin und lesen Bücher von irgendwelchen Existenzen, die mit uns überhaupt nichts zu tun haben!«

»Ich wohne nicht im Hotel«, wandte Jáchym vergeblich ein. Er nahm das Futteral, das noch auf der Theke lag, klappte es zu und steckte es in die Tasche.

»In Ihrem Alter sollten Sie leben«, sagte der Optiker. »Nur ein Traumichnicht sucht sich einen Ersatz, um sich vor der Verantwortung zu drücken. Nur ein Schwachkopf flüchtet sich in Traumwelten. Briefmarken sammeln«, sagte er nun zu den beiden neben ihm, »durch die Lupe die blaue Mauritius studieren, Modellschiffe bauen oder sich über das Schicksal der Familie Karamasow aufregen – liegt darin irgendein tieferer Sinn? Und inzwischen verrinnen die Sekunden unseres Lebens, in das unablässig die Giftstoffe verheimlichter Deponien sickern. Der Himmel öffnet sich jedem nur einmal und schließt sich dann für immer!«

Der Mann in der Schusterschürze legte die Zange auf die Theke und ging mit dem unsicheren Schritt eines Blinden zur Tür. Er tastete nach der Klinke, drehte sich zu der Frau hinter der Theke um, und auf seinem runden Gesicht breitete sich ein Lächeln aus. »Dankeschön!« Dann verließ er den Laden.

»Sie brauchen keine Brillengläser«, sprach der Optiker weiter, »was Sie brauchen, ist, daß Sie die Schüchternheit loswerden und sich nicht mehr vor dem Leben fürchten.«

Jáchym beschloß, dem Mann in der Schusterschürze nachzugehen. In der Tür blieb er kurz stehen. »Gibt es in der Stadt noch einen anderen Optiker?«

»Aber natürlich!« Der Optiker zeigte auf die Frau neben sich. »Hier die Miluška ist die geborene Optikerin. Ruhig, bescheiden, mit Fingerspitzengefühl.«

Bei der Erwähnung ihres Namens lächelte die Frau und verbeugte sich leicht.

»Möchten Sie mit ihr sprechen?«

»Wozu?« sagte Jáchym. »Ich brauche mit niemandem zu sprechen. Ich brauche neue Brillengläser.«

»Bitte sehr«, sagte der Optiker, »das können Sie mit ihr ausmachen.«

Die Frau trat dicht an die Theke heran, streckte den Arm aus, hielt die Hand auf und sagte mit weicher Altstimme: »Lassen Sie sehen!«

Er zog das Futteral heraus und reichte es ihr. Sie sah sich die leeren Gläserfassungen an, dann bedeutete sie ihm, ihr zu folgen.

Er ging hinter die Theke, sie raffte den braunen, verschossen gemusterten Vorhang beiseite und ließ Jáchym den Vortritt. Sie gingen durch einen engen Gang, dann öffnete die Frau eine niedrige Eisentür. Der Raum dahinter hatte eine gewölbte Decke. Neben einem Radio auf dem

Werkbrett flammte ein Brenner, und in einer Vitrine glänzten metallene Instrumente wie in einer Chirurgenpraxis. Außerdem gab es zwei weiße Stühle und eine dunkle, fadenscheinige Ottomane. An einem Haken hing ein schmuddeliger weißer Kittel.

»Setzen Sie sich!« Sie zeigte auf die Ottomane.

»Vielen Dank, daß Sie sich meiner Brille annehmen«, glaubte er ihr seinen Dank aussprechen zu müssen. »Ich habe schon befürchtet, die repariert mir niemand mehr.«

»Männer dürfen sich nicht fürchten«, sagte sie. »Behauptet unser Geschäftsführer. Er hat eine philosophische Ader. Haben Sie die Brille oft benutzt?«

»Ich lese gern. Das ist meine Art, etwas über die Welt zu erfahren.«

»Jeder von uns hat seine Art.« Die ihre erwähnte sie nicht. Sie brachte eine alte Schachtel mit einem Satz Gläser und setzte ihm ein leeres Metallgestell auf die Nase, in das sie so lange verschiedene Gläser einpaßte, bis er mühelos einige Sätze von einem Vordruck ablesen konnte.

Als er das Täfelchen weglegte, warf er einen Blick auf ihr mageres Gesicht und entdeckte dort überraschend viele Falten. Sie gingen fächerförmig vom Mund und von den Augenwinkeln aus und waren trotz der dicken Schminkschicht nicht zu übersehen.

Sie merkte, wie er sie ansah, nahm ihm rasch das Gestell ab und drohte ihm mit dem Finger. »Wären Ihnen diese recht?«

»Ja.«

»Was lesen Sie denn am liebsten? Gedichte?«

»Nicht mehr.«

»Schade.«

»Warum?«

»Ich weiß nicht.« Sie ordnete die Gläser in die Schachtel

ein. »Ich höre gern Gedichte. Manche. Sie haben mehr Dioptrien, als Sie behauptet haben. Viereinhalb. Sind sie von Kind an Brillenträger?«

»Ja. Mein Vater hatte eine noch stärkere Brille.«

»Was war Ihr Vater?«

»Professor.«

»Physiker?«

»Nein!«

»Ich habe eine Eins in Physik bekommen.«

»Wann?«

»Vorige Woche.«

»Welches Thema?«

»Die veränderliche Lichtwirkung der monochromatischen Strahlung.« Sie nahm die Schachtel mit den Gläsern, öffnete ein Türchen unter der Vitrine und schob sie hinein. »Die veränderliche Lichtwirkung der monochromatischen Strahlung V lambda ist das Verhältnis zwischen der Lichtwirkung der Strahlung einer gegebenen Wellenlänge und minimaler Lichtwirkung.«

»Aber mein Vater hat nie Physik unterrichtet.«

»Schade, wirklich schade. Und Sie?«

»Ich studiere noch.«

»Literatur?«

»Nein, Mathematik und Physik.«

»Ich hätte gedacht, Sie studieren Literatur, wo Sie doch so gern lesen.«

»Ich wollte sie mir nicht vermiesen. Ich glaube, das Verhältnis der Wellenlänge wird nach dem maximalen Wirkungsgrad berechnet.«

»Wirklich?«

»Erscheint mir logischer.«

»Ach«, seufzte sie. »Aber vorigen Monat habe ich es richtig gewußt. Man irrt sich leicht, wenn man über etwas reden muß, was man sich nicht vorstellen kann. Möchten Sie sich nicht hinlegen?«

»Danke, so habe ich's auch bequem.«

»Es geht doch nicht nur um Bequemlichkeit!« Sie ging zum Fenster und zog den Vorhang zu. »Wie sehen Sie mich jetzt?«

»Ich sehe Sie.«

»Aber wie?«

»Wie soll ich Sie denn sehen?«

»Sehen Sie mich als Frau? Es gibt nämlich Männer«, erläuterte sie, »die schauen durch mich durch. Und ich kann nichts machen.«

»Was möchten Sie denn machen?«

»Sie umbringen.« Sie lächelte ihn an. »Aber Sie schauen anders. Sie sehen alles pastellig und glatt, jung und zart – ohne eine einzige Falte.« Sie setzte sich neben ihn und berührte mit den Fingerspitzen seine Stirn. »Sagen Sie mir ein Gedicht auf?«

»Ich kann mir keines merken.«

»Kein einziges?«

»Kein einziges!«

»Dann eines von Ihren eigenen, Sie haben bestimmt welche geschrieben?«

»Nein, die lassen sich nicht aufsagen.«

»Dann lesen Sie mir eines vor, Sie haben doch welche mitgebracht.«

»Wie soll ich lesen, wenn ich keine Brille habe?«

»Schade, daß Sie nicht lesen können. Mir hat schon lange keiner mehr Gedichte vorgelesen. Und Sie lesen bestimmt sehr nett vor. Und jetzt erst, in so einem Moment, wie würden Sie da erst lesen!«

Er verstand nicht, wovon sie sprach. »Reparieren Sie mir die Brille?«

»Oh, mein Lieber« – sie strich ihm übers Haar –, »ich wollte dich zunächst etwas fragen.«

Er blickte überrascht auf.

»Fürchtest du dich vor dem Tod?«

»Vor was für einem?«

»Einem langsamen. Wenn du bei lebendigem Leib in Stücke geschnitten wirst.«

»Ich weiß nicht. Darüber habe ich nie nachgedacht.«

»Sonderbar. Und dabei willst du mir weismachen, daß du liest. Kannst du mir wenigstens sagen, wie lange das noch dauern kann?«

»Was?« Er wußte zwar nicht, ob er sich vor dem erwähnten Tod fürchtete, aber jetzt begann er sich ganz allgemein zu fürchten. Er hatte den Eindruck, das Deckengewölbe hätte sich ein wenig gesenkt. Sogar die Eisentür schien unter dem Druck zu knirschen. Ein merkwürdiger Raum.

Er stand auf.

»Nein, bleib sitzen!« Sie legte ihm die Hand auf die Schulter und drückte ihn nieder. »Du hast mir nicht geantwortet. Ich will wissen, wie lange das noch dauern kann.«

»Ich weiß nicht, wovon Sie sprechen.«

»Keine Ausflüchte. Du weißt es ganz genau!«

»Ich weiß nicht, wie lange es dauern wird!«

»Schade. Vielleicht liegt es daran, daß du zuviel liest. Bist davon ganz blaß und mager. Solltest weniger lesen.«

»Reparieren Sie mir die Brille?«

»Bücher sagen dir nie so viel wie Menschen.«

»Welche?«

»Sie kommen her und wissen es.«

»Was wissen sie?«

»Wie lange dieses Leben dauern wird.«

»Das haben die Ihnen gesagt?«

»Und ob.«

»Haben sie Ihnen alles gesagt?«

»Und ob!«

»Und wenn sie gelogen haben?«

»Ich wäre nicht die erste, die froh ist, daß man sie belügt.«

»Ich will von niemandem belogen werden.«

»Würdest es sowieso nicht merken. Selbst wenn du Seemannsaugen hättest. Alles ist anders, als es zu sein scheint. Und von allem wird nachgewiesen, daß es so sein kann oder gerade umgekehrt. Auch in deinen Büchern.«

»Reparieren Sie mir jetzt die Brille?«

»Du Kindskopf, du mein Kleiner!« Sie stand auf, schaltete das Radio auf dem Werkbrett ein, und nachdem sie einen Sender mit reichlich trister Musik gefunden hatte, holte sie mit einer Zange sein Brillengestell aus dem Futteral. Dann drehte sie am Regulierhahn, und die Flamme des Brenners schoß zischend empor.

Er schaute zu, wie das Gestell seiner Brille sich über der Flamme verbog, sich wie vor Schmerzen krümmte, aufquoll, verschmorte und schmolz.

Sie wandte sich ihm zu. »Was machst du für ein Gesicht? Der Mann vor dir, der hat, als ich mich seiner Brille so angenommen habe, zu mir gesagt: Wie schön zu wissen, daß mir das Leben nie mehr seine Kanten und Falten zeigen wird. Daß ich nichts mehr sehen werde, was mich verletzt.«

Von seinem Brillengestell war jetzt nur noch ein kleines, stinkendes Klümpchen übrig, das sie in eine Porzellanschale fallen ließ. Es zischte, Dampf wallte aus der Schale. »Der Mensch vor dir«, sagte sie mit Zärtlichkeit in der Stimme, »der hat mir die Hände geküßt. Sie haben mich von einer Last befreit. Sie haben mir die Welt verjüngt. Sie haben mir die Pforten des Himmels geöffnet.« Sie legte die

Zange aufs Werkbrett und zog sich den Kittel aus. Mit der Hand richtete sie sich das Haar so, daß es ihre nackten Brüste verdeckte. »Worauf wartest du? Jeden Moment kann der Geschäftsführer kommen oder ein neuer Kunde. Alle wollen immer eine neue Brille!«

Er trat auf sie zu. »Glauben Sie, das Leben wird so für mich leichter?«

Sie nickte. »Was nützt dir schon ein Gestell? Gläser gibt es eh keine. Wozu noch welche produzieren? Wegen ein paar Narren wie dir?« Und sie schmiegte sich mit dem ganzen Körper an ihn, die Wange an seiner, so daß er jetzt nichts anderes mehr sah als dieses Gesicht: pastellig, glatt, jung und zart – ohne eine einzige Falte.

Inhalt

Liebende für eine Nacht

Lingula
7

Fließband
43

Hinrichtung eines Pferdes
68

Hochzeitsreise
92

Himmel, Hölle, Paradies
106

Liebende für einen Tag

Klara und zwei Herren
135

Hopfenernte
167

Die Brille
185

Ivan Klíma
im Carl Hanser Verlag

Liebe und Müll
Roman. 1991. 232 Seiten

»*Liebe und Müll* ist ein wunderbares Buch, das mit entwaffnender Unbefangenheit von einer großen emotionalen (und erotischen) Verwirrung erzählt. Es lebt aus einem ganz anderen, fast entgegengesetzten Temperament als die Bücher von Milan Kundera und geht doch von ähnlichen Grundüberlegungen aus.«
Philip Roth

»Ivan Klíma schildert überaus anschaulich, psychologisch subtil und mit einem Unterton der Melancholie die ›condition humaine‹ eines tschechischen Schriftstellers während der achtziger Jahre der ›Normalisierung‹.
Die manchmal an Kunderas Romane erinnernde Dreiecksgeschichte, die von Klíma mit großer Sensibilität und Einfühlungskraft vergegenwärtigt wird, ist indessen nur eine Facette des Romans, dessen thematische und psychologische Vielschichtigkeit sich auch in der Form spiegelt. Klíma erzählt nicht in einem linearen realistischen Stil, sondern gleitet von einer Zeitebene in die andere, die Erzählgegenwart geht in Rückblenden in die Vergangenheit zurück, die Zeit des die Straßen wischenden Helden wird durch dessen Erinnerungen aus verschiedenen Zeiten überlagert.«
Neue Zürcher Zeitung

»Der Ich-Erzähler ist ein Schriftsteller, der im Prag vor Havel nicht schreiben darf – jahrzehntelang nicht. Dabei ist es doch das Schreiben, das ihn ans Leben fesselt. Und so sitzt er an seinem Schreibtisch und hört in der Stille die knisternden Fäden reißen, die ihn noch ans Leben binden. Für eine Weile zieht er sich die orangefarbene Jacke der Straßenreiniger an und wird Müllmann: ›Ich weiß selbst nicht genau, was mich bewogen hatte, mich in diesem vollkommen unattraktiven Beruf zu versuchen. Ich hatte mir wohl einen neuen Blickwinkel erhofft, der mir zu einer ungeahnten Weltsicht verhelfen würde.‹

Liebe und Müll ist ein Roman für die neunziger Jahre, in denen wir schon wieder Geschichte zudecken, Akten verschwinden lassen, Denkmäler hastig abreißen. ›Bei uns wird immerzu alles umgemodelt‹, schreibt der schreibende Müllmann, ›der Glaube, Bauwerke und Straßennamen; einmal werden die Zeitläufte verheimlicht, ein andermal vorgetäuscht, Hauptsache, nichts bleibt echt und besteht als Zeugnis.‹ Außer: Liebe und Müll. Unvergänglich, beide.«   *DIE ZEIT*

»Wie die Bücher Milan Kunderas ist auch *Liebe und Müll* ein philosophierender Roman. Ivan Klíma ist gegenüber seinem in Paris naturalisierten weltberühmten Landsmann, was ›das Philosophische‹ angeht, schlichter, naiver; ›altmodischer‹ in jenem sympathischen Sinne, wonach sich doch jeder immer wieder fragen sollte: ›Wozu lebt der Mensch?‹ – und sich jeder gefälligst darauf ein paar Antworten geben sollte. In der tschechischen Literatur – von Neruda bis Hrabal – sind solche Alltagsphilosopheme im Verlauf der erzählerischen Weltumarmung geläufig; Klíma gehört auch in diese Tradition.«
Frankfurter Rundschau

»Reales und Symbolisches durchdringen sich in dem melancholischen, mit viel Sensibilität und psychologischer Differenzierung geschriebenen Buch, das nicht nur ein geistiges Panorama der tristen achtziger Jahre in der Tschechoslowakei skizziert, sondern die Befindlichkeit des modernen Menschen schlechthin evoziert. Der Roman ist entsprechend kunstvoll komponiert: das Geschehen wickelt sich auf verschiedenen Zeit- und Bewußtseinsebenen ab, Vergangenheit und Gegenwart überlagern sich, die verschiedenen Schauplätze und Zeiten gehen unvermittelt ineinander über, Narration und Reflexion verbinden sich zu einem gerundeten Ganzen.«   *Der Tagesspiegel*

Libuše Moníková
im Carl Hanser Verlag

Die Fassade
Roman. 1987. 440 Seiten

»Libuše Moníková ist mit der *Fassade* ein wunderbar reiches, kluges, komisches Buch gelungen, das viele Facetten hat und voller Anspielungen und Querverweise steckt. [...] Die *Fassade* sprengt, wie jeder bedeutende Roman, die Grenzen seiner Gattung; müßig zu fragen, ob es sich um einen Reise- oder Gelehrtenroman, ein Gesellschaftspanorama oder gar um einen Künstlerroman handelt. Dies ist ein sehr ernstes und zugleich ein sehr komisches Buch.« *Der Spiegel*

Schloß, Aleph, Wunschtorte
Essays. Edition Akzente. 1990. 160 Seiten

»Das Bewundernswerte an diesen Essays ist die Präzision, mit der Literatur als kritische Reflexion von Weltzuständen vorgeführt wird. Ohne überflüssige Abschweifung, sachlich bleibend, doch ohne trocken zu sein.« *Der Standard*, Wien

Treibeis
Roman. 1992. 240 Seiten

»Der deutschschreibenden Pragerin Moníková dient Grönland als symbolischer Ort des äußersten Exils. Ihr nomadisierender Roman *Treibeis* ist gewiß einer der seltsamsten – voll Leichtsinn, Melancholie und Dickköpfigkeit. Es ist die eigensinnige Festschreibung des Traumgebildes ›Heimat‹ – aus der Ferne. Zwei Tschechen im Exil imaginieren sich ihr fiktives Sehnsuchts-Böhmen herbei – und bleiben in der Emigration.«

Profil, Wien